崔 渊

一著一

BU
不

ZHAI
摘

MING
明

YUE
月

BU
不

GUI
归

LAI
来

北方联合出版传媒（集团）股份有限公司

春风文艺出版社

·沈阳·

图书在版编目（CIP）数据

不摘明月不归来 / 崖渊著. — 沈阳：春风文艺出版社，2017.12（2021.1重印）
（中国诗人）
ISBN 978-7-5313-5330-0

Ⅰ.①不… Ⅱ.①崖… Ⅲ.①诗集 — 中国 — 当代 Ⅳ.①I227

中国版本图书馆CIP数据核字（2017）第269454号

北方联合出版传媒（集团）股份有限公司

春风文艺出版社出版发行

http://www.chunfengwenyi.com

沈阳市和平区十一纬路25号　邮编：110003

永清县晔盛亚胶印有限公司印刷

责任编辑：韩　喆　　　　　　　责任校对：陈　杰
装帧设计：琥珀视觉　　　　　　幅面尺寸：125mm × 195mm
印　　张：7.25　　　　　　　　字　　数：150千字
版　　次：2017年12月第1版　　印　　次：2021年1月第2次
书　　号：ISBN 978-7-5313-5330-0
定　　价：26.00元

总　序

　　中国是诗的国度。千百年来，人们沐浴在诗歌传统中，传诵着一代又一代诗人写就的经典之作。而伴随着现代社会和互联网的发展，信息的传播和接受更加便捷，诗歌的阅读与创作方式也在潜移默化中被改变，在信息量无限扩大的互联网世界，远离喧嚣、静赏诗意显得尤为珍贵。

　　互联网时代诗歌创作的便捷激发了一大批诗歌爱好者与诗人的创作热情，他们在公交车上写诗，在工作间隙写诗，他们创作的诗歌作品贴近现实与生活，在追求好诗的道路上不断前进。春风文艺出版社有着久远的诗歌出版史，《朦胧诗选》和《汪国真诗词精选》曾一度畅销。近两年，春风文艺出版社一直致力于打造优质诗歌的品牌。本着推介中国当代诗人的原则，春风文艺出版社决定出版《开放诗丛》系列诗集，打造《开放诗丛》这一诗歌新品牌。该诗丛计划出版优秀诗集，在注重诗歌质量的同时，力求结合互联网与传统出版的优势，通过直观的文本呈现向读者介绍一批热爱诗歌、坚持诗歌创作的诗人，以期汇集中国当代诗歌优秀成果，展示当代诗人的创作实绩与创作风貌。

今年正值改革开放四十周年，春风文艺出版社推出《开放诗丛》，也是为了在整个民族复兴的伟大进程中展示中国人崭新的精神风貌。

因此，我们在百花齐放的诗坛，特别关注有家国情怀的厚重力作，提倡来自生活的独特发现，鼓励创新探索的艺术精品，推崇高雅纯真的诗情意趣。我们希望这套《开放诗丛》能体现诗坛正能量，能够引人向上、向善、向美的诗歌佳作。

我们满怀期待，我们也真诚希望广大诗人和诗歌爱好者关注这套诗丛，与诗同在，我们为此感到自豪和幸福。我们期待更多的诗人加入我们这套丛书，我们也期待这套丛书走进更多读者的心田！

叶延滨

2017年中秋前夕于北京

目　　录
CONTENTS

无边的岁月无边的你

目　　录
CONTENTS

目　　录

CONTENTS

目　　录
CONTENTS

万里西风频回首

目　　录
CONTENTS

目　　录
CONTENTS

目　录
CONTENTS

目　　录
CONTENTS

目　　录

CONTENTS

目 录
CONTENTS

目　　录

CONTENTS

目　录
CONTENTS

目　　录
CONTENTS

目　　录
CONTENTS

不摘明月不归来

目　　录

CONTENTS

目 录
CONTENTS

目　　录
CONTENTS

目　录
CONTENTS

目　　录
CONTENTS

目　　录
CONTENTS

目　　录
CONTENTS

目　录
CONTENTS

青山撞入怀

目　　录
CONTENTS

目 录
CONTENTS

目　　录
CONTENTS

目 录
CONTENTS

目 录
CONTENTS

无边的岁月无边的你

万　语

有没有一阕短曲
能终结我的千言万语

一千年，七千年
有没有这样的一首歌
在我心里

山外回音
到无边的岁月
无边的你

雨澜札记节选

缘

是一块寒冷的冰
我把它怀在胸前
我渐发觉
它化了
我才知道
它没了

初恋

夕阳，我不言
你怎么悄悄红了脸
惊起了掠过秋水的雁

爱情

一斟投毒的诱惑的鸡尾酒
不可饮
偏要
一醉

风月

老了以后
跟跄摇晃的月拄着风的拐杖
在夜里
浪

喜欢

一只迷途的笨鸟四处乱撞
突然撞到一棵寂寞的树
洒下满天飞舞的醉人的红雨

追忆

在风中摆臂奔跑的稻草人
跑啊跑，一步没动
闭上眼
闻到稻草的幽香

幸福

夜里，一盏灯
亮着，一点点
到黑

命运

在深巷里徘徊的老女人
醉里敲起一扇陌生的门

故乡

春渐至，潮起
故乡如船
被涨起的潮水推高

狗

人言
撒谎的人是小狗
我心里没有你
汪

泪

我是一珠悲伤的泪
总找不到安置的脸
不忍心
停在你的欢颜
于是

我漂泊久久

在冷风之巅

恋

一个人

相信了另一个人

所有的谎言

禅

野雁似芒鞋横飞

戳破苍云

历史

老龟驮着古今兴亡迈出门槛

沉重地抬起头望望夕阳

在测不出经纬的古寺

蝉

窗外的蝉鸣唱聒噪

不知道他们的鸣叫

是种欲望

还是种

禅

悟

灯明

灯熄

见心

天地之间独我横行

落

同样是落

落花就不同

带落花逐水去的江流

为何送不去

如石头般沉重的

归心

镜

不曾难过的人

第一次走到铜镜前

你第一次见到自己的样子

为什么不快乐

射箭

人们一天早晚像射箭一样嗖地飞出去

狂奔在凌晨与公路之间

超车，超车，超车，超车，

匆忙地羽箭，你要射中什么

钓鱼

你独坐在江雪里钓鱼，我说你小心点啊
往后面坐坐，别掉下去！水里冷彻如冰
……可是，如此不幸的你掉下去了
那万径人踪、千山飞鸟又皆尽绝
千年了，好久不见，我说
早经过了大半生的往事的你，于今
突然在白色的滔天浪沫间探出头来
你笑笑说，其实外面更冷

九　月

不知道
是九月过去了
留下了惆怅的我
还是
我匆匆离去
留下了惆怅的九月

冷

赤身而来的孩子

学别人脱衣服那样

他脱下一层皮肉

世人深藏

他的心总觉得

有点

冷

煎　熬

夜

红黄灯烁，车水马龙如鲫鱼

在煎熬

煎熬在

他们煮沸的热汤

无　赖

吾乘星，去
明日，隔天涯
在哈雷彗星滑落前
请你安静地伏在窗前
听我说完最后一句：
那个称你为无赖的我
除了你，再无可依赖

偶　然

我向千重万叠的星汉望去
在千千万万的繁星里偶然看到一颗星
那颗星向人山人海望来
在人头攒动的苦海也正偶然看到我
她告诉我
她的名字

种　子

漫天星河荒凉

只有月亮娇艳地开在很高的茎上

那么多星星却都做着种子的梦

还沉眠在漆黑的夜空

深深的褐色土地

我拂一拂衣袖

似要阔别前尘

漫天星辰在凄冷的风中暗淡着

有多少昨昔的梦

有多少黯淡的种子

从来还没破土而出

星　雨

当人世间繁华一瞬

不堪追忆

我是一颗盲目而麻木的星

等看热闹的众人都

逐渐感到无趣，散场

在茫茫的夜空里

似乎还有着什么在静静地等待着我

在无边无际的漫夜里

你凝视着我

当一颗疼痛的星噙住泪水

瞬间

不知所措

任泪水渐渐模糊一切

任泪水冲破了黑夜的枷锁

涌出

便化作飘洒于夜空的流星雨

为你祈愿

撞向满目疮痍的世间

你不曾问我我的故国

我也

不说

当我是那孤星

沙漠的疮痍会在狂风里磨灭

人世的重伤却更被狂风割痛

当那颗孤星为你落满灰尘

请你记住

请记住我

当我是那孤星

夜里，我拼命掩盖自己

我藏身街头

学着呼吸

风沙卷起

卷走一切

一切我为你埋下的线索

一切我对爱写下的箴言

一切我不能忘的破碎

一切梦里梦空的醉醒

狂沙万里铺天盖地来

遮盖了世间

模糊了你的眼

孤星如冰焰包裹着一颗瑟缩的心

当我是孤星

天上的孤星寂寞地燃烧着狂焰

像灯盏照进你冰冷如泉的瞳子

化作冷冷的泪水洗尽你走过的滚滚红尘

我睁着眼睛，在那里，在那里

我不知道世间需要多少灰尘

才能遮盖一颗孤星

和他冰焰里的心

天　蝎　座

夜凉如水

你摆尾

掠过熠熠星辉

在黑夜灼眼地跳跃

你摆尾

你的爱无中庸

如狂燃炙烈

可把一切烧成灰烬

如赴鬼门关前

脚下是十八层地狱的烈火

我对这爱那么恐惧

那么渴望

哈　雷

草帽翻舞，在风里悲鸣

萧瑟的秋风

哈雷惊掠过，掠夺，

如粗犷而倔强的什么

野风如挽歌唱它逝去的青春

青春，名词

曾苦苦等待却不知

那年怎么匆匆错过的

哈雷彗星

晨　星

一千次一万次
我像夸父万里狂奔
我跑过焦田，穿过野林
仰天痛吼
一千次一万次
我错过太阳
你从冰冷石壁里走来
你说，太阳只是颗晨星
你说
还有满天繁星
等着我们失去

深夜里
我们剥开皮肉
看到冷冻的心脏
我们沉默
我们凝视着彼此的泪水
弃星河如鄙

我忘了时间

向岁月的泥沼里陷去

当我的头颅淹入沼泽前

我转过头

我看到火焰般的太阳

我看到

你从岁月里走来

你说

太阳只是颗晨星

破晓的，还有

死

生

爱

命

荧　惑

我驾荧惑飞来

每夜

每夜

夜里，我睁着一只眼窥探九间

靠近人世的疼痛的冰封

靠近人群的冰冷

与它暗藏包裹的恐怖的熊燃烈焰

那烈焰像是毁灭，像是死亡

我驾荧惑独自飞起

每夜

每夜

每夜，我练习，怎样与她们离别

我暗中尝试千万种

能教你记住的体面方式

离去

世界呛着水，海水渐没过她的喉咙

她在冰河里下沉

我的心窒息，在深深的海底

坠落的荧惑好高

冥　王　星

世间所有的相遇

都是久别重逢

七百年了

我凝着泪水等着你

我在你的眼里

从模糊到逐渐清晰

你渐渐知道

我的渺小

我在那

我在那

隔山隔水等着你

我捧着一颗心

你打那么远的地方来

难道就是为了祝贺

我这心的无处安放

在荒凉的宇宙洪荒里

我只是一颗低着头的矮行星

你还肯收容我吗

猎　手

在野风里追捕

那些奔逃的记忆

寻情逐爱

本就是场高傲的围猎

嘿，猎手

那颗星忽远忽近

多么像你

我撕裂伤口

想要毁灭

迷恋于世间的一切危险

想知道

死在你的箭下和你的怀里

究竟能有多大的差别

月

是谁用月光走路，拄着秋风的拐杖

混着满山的秋蝉坦荡地唱

高低起伏，忽远忽近，还在索问着什么

一声，一树，一山，你胆怯在山外

我任性，用山海的语言唤你

凡人的你听不懂

山里月色翻腾汹涌，漫天蝉蜕碰撞在一起

燃起了熊熊的烈火，我惊惶地把我的浪漫拿来
出售

秋风回荡，回荡在深林里有回声，回声里

天罗地网，我万劫不复，在时间的回声里惊慌
失措

像在子夜的钟声里北去的鸟，就因为太爱

蹩脚难看，错漏百出，三生飞不出的怪圈死死
围困

最陈旧破烂，总是日记簿里最在乎的一页

秋风煽情，泪呢？

从没找到安置的脸

古人说：隔岸观火，是一场好戏

你隔岸，可却不观火，更不知情

你不知道你无聊而沉地睡过去的昨夜

曾有过怎样皎洁的月

你更不知道在昨夜满山的唧唧蜇吟里

我是最寂寞的一只

一只剥去又一身铠甲的灰烬

在月光里沉吟，沉默地叫着

叫着你的名字，还有那些你来生的来生

我未叫出的名字，它们是我明日的顿悟

人在行云里走，跋山，转山

不为到西天，只为与你相遇在途中

走到与天堂最近的地方，我拖着一轮巨大的
月亮

走不动了，烂成一摊黏稠液体，向白衫里吸
进去

浸透了白衫，最后只有留下了一朵白云飘过山海

在香积寺外，木鱼声起，香积成佛，还是成灰烬？

满山无草，莫是落发后的荒凉

云山俱在，人事已非

你每每仰望江阔天低的荒莽里的一只哀雁

可知道，那是我前生穿丢的芒鞋

你看天上那轮莞尔一笑的月亮

是前生的我为你剪的

你若还喜欢，就抬头看看

相　遇

当苍穹猛然破裂

众星横飞飘坠

我们各自孤独地坐在石头上

苍凉间仿佛看到

所有的以前和过去

一只大雁俯冲向大陆

一头大象狂奔向墓地

一个生涯走向另一个生涯

你是我前世的波涛

卷起千堆雪

我们各从宇宙的某个角落动身

我们的一世，二世，三世

直到八世，十八世，八十世

我们终将穿过无边的黑暗森林

我们来自两个石头

我们会相遇

在万千年猛烈的暴雨里

你看到一滴雨

就能看到

过去到将来的所有的雨

在万千年猛烈的暴雨里

如果我风化成沙

当你看到那一粒沙

是否看到

过去到将来的所有的沙

是否看到所有的呼唤

所有我冥冥之中

逃不过的颠沛流离

招　惹

柳绵吹起的梦袭来

掀起了一池春水

透在春雨里的嫩绿如陷阱

总诱惑着我犯个错

霏雨里你深扉紧掩

湿身的青骢嘶过

踏过残花零落的青石板

声声缭乱落在我不安的心上

马蹄嗒嗒，既然是个错误

就一定要错得美丽

梦醒来，你不在，燕子楼空

燕子飞回几度不见人

我独倚空门，无聊望着一池春水

我挑逗着笼子里久别主人的鹦鹉

又觉得无趣，走开了

鹦鹉却凝情，忽然对着我叫起来

——我没有招惹过你

你为什么要招惹我

既然招惹了

为什么半途而废

流　浪

梦醒时打开窗

才知道错过了昨夜最寂寞的一朵

才知道错过了昨夜如何皎洁的雪月

我睡眼惺忪地骑上青骢，走得匆匆

朦胧中，听到寂寞的落花

反反复复哼起一首无调的歌

藏起春季花开落的历史

我像候鸟一样漂泊流浪

等白发无涯，深心无惑

山风海涛会在子夜止息

我挥一挥衣袖，把我们所有往昔挥洒

成寒夜枯叶上的露，没有哭声地悬泪

冰冷缀挂在一望无垠的夜空

夜里，你会凝望同一片夜空

也会像寥落的星雨一样

窃听到关于我的传说

——我不是常回家的那种人

野　兽　派

秋野之上，野风从你锁骨上吹过

怒江在脚下汹过

命运在怒江里暗暗腹语

挑逗得岁月天惊石破

那时，你说你是野兽派

粗糙地情爱，不羁地来去

翻滚的黑暗很深，蠢蠢欲动

嘴唇还是嘴唇

就算它没有咬破夜色

血雨腥风里奔驰而来

在夜里拉开残忍的弓

射向野蛮的夜和野蛮的心

三心室里爱欲汹涌，淌出洞穴

沉睡的爬行动物都醒了

长大，长大，长大

狂野放荡地繁殖，生息

重新占据整个地球

把还没睡醒的花都掐死

就这样，占有你所有的爱

告　别

窄窄的古巷曲折

思念是门

全关得死死

乌鸦叫红了落日

树

在萧瑟的树上飞来了一只鸟
后来，有一天那只鸟飞去了远方
那萧瑟的高树上就没有了鸟

回 声

我问青山
你是谁

草 啸

对于蚂蚁
麦秆，就是树
草在呼啸着
微吟对它来讲就是呼啸
它还总叫着
狂风，那我们一起去摇晃世界

苦 果

我一个人走过群山

淋着密雨

听说

石榴汁有酒的感觉

走累了

我一个人躺在那片苦果树下

熟睡着，就做一个爱恋的梦吧

等有一天，苦果成熟了

就会掉下来，击中我

爆裂出苦涩的蜜汁

最苦的，不可预知

也不需要躲闪

潮　汐

冰冷的夜雨里
被冻透的我们瑟瑟发抖
这是我的爱
留只左耳贴在你的胸膛
听听血的潮汐
与你不一样的妄想

李　白　鱼

有一种叫李白的鱼
夜里朝月亮的银辉追寻
古代的诗人们化身渔翁
向上张开渔网
捕下发情的月亮
向下便轻松捞起无尽绝的
自投网罗的李白鱼
他们说

那些朝月亮游的鱼

是最有诗意的

小　偷

夜半三更

一个小偷潜入我的房间

蒙着脸

翻箱倒柜地找起来

我被惊醒

她说她找不到我的爱

我也慌了

也趁着夜色

和她翻箱倒柜地找起来

一棵会唱情歌的榕树

作为一棵榕树

我没有什么跟你讲

只有颤抖着将你冰冷的残缺抱紧

我把所有陆离的幸福与疼痛

系上你垂下的枝条

也把我的残生

系在你的枝条上永远荡来荡去

因此我绝不允许

那些他人的根枝缠绕着你抓住你

因此我也绝不允许

你脚下泥泞的红土占有你

我情愿选择在一世的摇来荡去里

为你唱完一首绝世的歌

就像世界对我唱的那一首

一样

你看啊

这世间的黑暗情愿吞噬我

这世间的刀斧情愿劈向我

这世间的昆虫情愿撕咬我

所以我情愿

我情愿泪水汪汪地伫立

听完这世界的情歌

死 去

满天流星都是死去的人曾经

在死去时流下的泪吗

每一次，我都企图透过那些泪水

看到它们背后的一双双未暝的眼睛

六朝战火硝烟里的流民

早在石窟鬼神恐怖的壁画上

告诉我

其实这些历尽苦难的人

都不怕死亡

他们只是怕死于被抛弃

死于恐惧

死于荒凉与孤寂

死无所依

公元二〇一七年

我放弃躲闪

宇宙里一颗流星冲撞向我怀里

以避免在孤寂中
死去

枕 上 云

在梦的外面
我看到里面
里面的人醒着

在梦的里面
我看到外面
外面的人梦着

望 月

月亮女神是个流浪者
投身入大海一望无际的颠沛流离
和她一起流浪的是我的影子

爱一个人的时候，她在南边
恨一个人的时候，她在北边

想一个人的时候，她在东边

忘一个人的时候，她在西边

现在，是不是

到了该忘掉你的时候了

捞　月

那垂于水中的

是霜雪，是月

还是一位女子的白发

一个叫李白的浪子

撩起水里的千尺白发

遥想一世蹉跎

一个人直到地老

直到天荒

月亮还会一起孤独吗

据传说

李白没有死在那个寂寞的夜里

他只是捞上来了一轮隔世的水月

后来，每到月圆的夜里

后人总会提起一个捞月亮的疯子

说他的白骨化作了大海的胸针

我对这个尘世感兴趣的那部分

显然，爱一头野兽

比爱一个人要容易得多

我要感谢尘世

它总还是留给了我能爱的东西

相比重新知道如何去爱一个人

我更想知道

在一片挤满枯荷秆的池塘

一只红蜻蜓

究竟怎样巧妙地度过一生

我终生不能化作我爱的人

终生不能化作风
听懂风的挽歌

终生不能化作雨
听懂雨的叮咛

终生不能化作一棵萧瑟的树
听懂树的哭泣

终生不能化作一只夏雨里摇摆的蝉
听懂蝉在激昂歌唱着什么

终生不能化作一头亚洲象
听懂亚洲象的仰天低吼

终生不能化作一头恐鳄
听懂恐鳄的无端愁苦

我只是可怜的人类
听不懂万物语

也却终生听不懂佛祖的教导
终生听不懂众生

终生不能化作我爱的人
听懂那人类语言的善意欺骗

夜　雨

暴雨倾盆，滂沱地疾扫世间
野森林黑莽莽中，萧瑟着抵抗着狂风
在夜雨的鞭子下，蚁穴千疮百孔般破碎
泥泞的湿土上，蚂蚁在搬家
艰难地扛起枯叶，喘息着伛偻前行

天庭里，雷电准备审判
那些非法入境的蚂蚁
震耳的数声枪响后，江枫的血流下残丫
江流里偷渡的鬼鱼忐忑地颤抖

在死刑与噩梦的边缘摸索着游

而我竟然躲在坚固的高楼屋顶之下
藏身于温暖，我不禁为生而为人感到愧疚

走 来

当漏雨淋湿了一切
你又不幸地被我想起
忘了告诉你，我不相信幸福

要辜负一场大地八百里的宽容
多么容易
把一粒麦子里奢侈的月光
还给苍天诸神
把穿过萧瑟流年的风尘留给自己

穿过斑驳荒凉的爱
穿过苍藤交叠纠缠的岁月
穿过七万株麦子提心吊胆的摇晃

你走来，在你所携带的光的强度里

我爱你，在你所携带的光的强度里

致善良的陌生人

如果走不动了，那时候暮色沉重

阳光像雨滴潇潇洒落

我跌跌撞撞，终于从流离里脱身

埋骨在七万里暮色的孤独里

我想你，想和你一起堕落

可是善良的人，还请替我流浪到西班牙

请帮我守候西班牙从南海岸数

第一百一十七棵石榴树

她所说的那无足轻重的一生

请帮我去爱

她刚睡醒时乱蓬蓬的头发

请帮我去问问阿尔汗布拉宫里

那把被久久藏匿的老吉他

是否裙上石榴带雨红

是否多情自古徒伤悲

那时我就不再写了

那就让我等待吧

等你不再冰冷

等你害怕枯萎与凋谢

等你被那些忽然飞来的秘密击中

然后不知所措

等你静静地听我忧伤的呼吸

等你的头发被雨水打湿

等你爱上

那些藤条般荡来荡去的生命

不写了，那时我就不再写了

等枯桑知天风

等海水枯竭

等那些石头变得柔软

等你流下泪来

我就再也不写了

那时我或许在沉思
怎样对一只快死掉的雪梨
做一次人工呼吸

陶　器

也许是因为隔生有恨吧
在一堆烧好的陶器中
总有一两只用残缺亮出自己的立场

凝视着一个残缺的陶器
我只在想它为什么不再碎下去
它到底碎到哪种限度
才能叫作粉身碎骨

干　草　垛

你说是徒劳
是你说的究竟是徒劳

那你到底押上了什么

众生卑贱
下雨了

可是干草垛，你怎么又
兀自燃烧起来

我还学你的样子
把厚厚的泥巴涂在脸上
让人看不见我的悲伤

我被潮水裹挟，窒息

有人说秋风如潮啊
我说秋风太浅了
真正像潮水的东西
当它来的时候
没有什么可以阻挡

夜里我被江河洪流裹挟，窒息

跌跌撞撞地撞向你
撞向你坚硬如绝壁的埋伏
一次次头破血流
让你把你所有的苦涩与泪水塞给我
绝不抗拒

趁着月色，求你找到我埋骨的地方
听他最后一声呜咽

我想，我要是那个绝壁就好了

当你披着薄暮的时候

这被擂裂的明媚的阳光下
谁制造出这些斑驳
谁又是深藏这些斑驳的主人

谁的根须匍匐出烈火
谁又一动不动化为灰烬

可苍天从没有忘掉给我雷霆

还有玫瑰带血的荆棘

可我漂泊的浮生到底该怎样泅渡
你横在你心里的那片汪洋

当你披着薄暮的时候
我始终望着你
留出整个胸膛的位置
让所有涌动的悲伤来去自如

不　忍

到白云深处修什么行
清什么心寡什么欲
我绝不在雷雨里沉静如死
绝不在污泥里挺成高傲如雪的莲花
也绝不拿掸尘打去我满心的肮脏
在尘埃吹满的人世里
不忍心独自洁白

在最后的天空之后

在荒莽的大沙漠以西
是天空的尽头
风在吹
风在吹

一代人来，一代人走
走向大沙漠
在低吼的西风里找寻
一片新的天空

大沙漠以西
没有天空
只有栖在水边的飞鸟
只有众生流下的
一望无际的苍茫的泪水
我愿化作一条鱼
给他们我一世的颠沛流离

风在吹

风在吹

可我为什么不去变成一棵树

我想成为任何一种生物

当然除了人类

不知道为什么而搁浅的蓝鲸

在池塘上苦苦寻觅着什么的蜻蜓

或者，扎上满身苹果的刺猬

管它是什么

只要不是人类就好

而只有树是那样简单

它们用枝干怀抱踉跄的雨水

它们用萧瑟的树叶颤抖地唱歌

在苍茫的暮色里收容那些飞累的鸟

它们便是被秘密击中也从来守口如瓶

它们操控斑驳的阳光把玩世界

它们总是垂下湿润而绿色的枝条

可它们从不流泪

也从不伤害任何人

多么简单，多么静穆

成为一棵树是多么幸福

可我为什么不去变成一棵树呢

因为树不能为你哭泣

也不能呜咽地向你说我爱你

成　全

那些化为灰烬的誓言

多像对大海的一种成全

那些再无影踪的鸿雁

多像对苍天的一种成全

那些奋不顾身的跳入

多像对熊熊火焰的一种成全

那些为你流下的泪水

多像对这满天月色的一种成全

那些水里月亮的粉身碎骨
多像对潮水的一种成全

那弯带泪的残缺的月牙
多像对孤独离人的一种成全

那如哀愁的月光洒下如微雨
多像对单恋的一种成全

而我任凭月亮从我身上碾过的疼痛
多像对你的刀锋的一种成全

我今生是多么幸运
得到了苍天这无可救药的成全

人间世

生一杯，死一杯
兴一杯，亡一杯
夕阳一杯，山一杯
你用一百个太阳的升起与降落
荡漾这人间世

生一杯，死一杯
把那只飞过千山的水鸥灌醉
不让他看见自己的白发

生一杯，死一杯
灌醉这附耳偷听的
夕阳山外山
不知道这群伸长脖子张望的小山
裹得住多少秘密
你在夕阳里渐渐柔软
问我浮萍的逻辑

那些漂来漂去的浮萍是那么无辜

那些红雨里的蜻蜓是那么无辜

那些江边的一捆捆青草是那么无辜

那些死不瞑目的鱼是多么无辜

那些惹人心疼的稻草人多么无辜

那些空中飞过的飞鸟是多么无辜

万物看起来都那么无辜

让我不忍心活在世上

连累斜阳里那些相望的鱼鸟

我以这残破的世界爱你

那些拒绝清晨与白日的残阳

最终到底为了什么选择傍晚

毫不抵抗地由黑暗吞噬掉

那些拒绝扎根的残荷

最终到底为了什么用尽一身的力气

义无反顾地撞进漂泊与无常

那些拒绝照耀的残鸦

最终到底为了什么俯下身

心甘情愿地滚进这无边无际的红尘

那些一无所有的残生

最终到底为了什么把自己埋在角落

不知疲倦地数大海的水滴

残阳，残荷，残生

人世多像为残缺而写的一部传记

而我，是以这满池呆立的残荷爱你

是以被大雁衔走一半的残阳爱你

是以硝烟炮火里的废墟爱你

以逐渐枯竭的河流爱你

以缓缓消失的绿洲爱你

以那些招人讨厌的乌鸦爱你

我以这残破的世界爱你

我是多么羞于提及

万里西风频回首

梦江南·孤星

霜吼起，唱裂铁胡笳。万里西风频回首，前欢往恨血凝匣，醒后是天涯。

梦江南·关河

西风起，寥落满天星。塞道险关风卷雪，关河霜冷阻蹄行，阻不断深情。

梦江南·铜雀台

高台好，雄壮胜江山。铁甲金戈威肃立，不休歌舞不休嬛，只是不胜寒。

梦江南·芳塘

青蛾去，袖满水云烟。菡萏霜摇狼藉里，芳丝拗尽却牵连，红泪滴滴黏。

梦江南·望夫山

江湖远，鸿雁过秋天。暝色薄如眉黛挑，无边往事向斜巅，秋水已横绝。

梦江南·闲愁

重回首，风卷雨飕飕。江涨连天直万里，渐吹渐起粉云头，朵朵是闲愁。

梦江南·往事

狂风吼，削碎关河路。老叶掀蛟燎地走，旧时明月猛雷窟，往事只模糊。

梦江南·易水怀古

千古浪，恨满莽苍怀。易水萧萧人去也，冠袍如雪座皆白，正吼西风来。

梦江南·绾恨

匆萧瑟，偷换人间秋。乍吼霜风桦烛裂，老藤千尺苦无头，绾恨上高楼。

梦江南·泪流

残夜晓，深壁苦无言。卖翠奢红簟纹冷，泪流作水又经年，何不到伊边？

捣练子·鸿雁

风浩荡，起鸿鹄，万里荒云萧瑟浮。残雁奔离还自聚，断鸿首尾更相呼。

如梦令·关河

蹄乱关山梦碎，夜浸青龙①摧坠。霜被冷秋侵，枕上苍河噪吠。惊酽，惊酽，窥鼠暗偷滋味。

———————————
① 青龙：星河

如梦令·东流

浮萍为谁飘碎，几个飞鸿憔悴。何处惹闲愁，博浪①犹飞魑魅。天北，天北，人道东流是水。

乌夜啼·风陵渡

飕摧呜咽江船，撼灯残，回首风陵残夜大荒湾。

夜风暗，家酷颤，酿愁阑，冷泪凄惶流下潺沱滩。

乌夜啼·咸阳城外彻夜无眠

关河铁阵飙枪，乱狂骧，羌管一声嘹亮月苍苍。

夜客涕，悲歌起，怕兴亡，笑指咸阳断雁两三行。

---

① 博浪沙大力士击椎刺秦皇，事败，不知其踪。

长相思 · 东南亚八月洪灾

漫夜洪，乱湃澎，醉客飘零回首中，暴霖打哭声。

误鸣钟，啸西风，月落残窗第几棂？看看幽恨生。

长相思 · 烟雨

四百词，寄汝思，铜漏秋凉乍咽辞，铁骅屋外嘶。

为君啼，冷枯枝，烟雨模糊夜鹧湿，忆君君不知。

浣溪沙 · 韶华

春燕不知世事迁，欲来还去一年年。江潭泪柳褪青棉。

一世几回花里醉，韶华有尽恨无边。湿秋千上雨廉纤。

浣溪沙·红妆

银烛犹残冷泪痕，流年小簟与轻衾。小楼幽梦雨阴阴。

绿柳随风人浅浅，梨花疏雨院深深。红妆湿泪溅罗裙。

浣溪沙·听雨

红蓼渡头私语遥，与卿别后又红梢。共谁同听雨潇潇？

乍暖还寒情怎了？欲黄重绿爱难逃。伊人不见见楼高。

浣溪沙·春愁

独立潇潇细雨间，不惜粉黛与红胭。要流红泪到君边。

云雨荒凉春寂寂，轻风料峭草芊芊。春愁来去对谁言？

浣溪沙·流光

粉泪纵横黯湿妆，青梅已老请深藏。小楼隔梦夜隔窗。

系客难留伤绿柳，遮愁不断恨高杨。流光轻掷在他乡。

浣溪沙·春归

不放春归泪里鹃，绿芜湿雨草绵芊，青青何日到君边？

青鸟空衔轻槿去，红生红死有谁怜？漂泊一样堕沙间。

浣溪沙·往事

铁马冰河忆寄奴[1]。雨昏哑哑夜啼乌。百年青史太糊涂。

怒裂烛花霜吼起，中宵提剑醉狂呼。流年往事只模糊。

浣溪沙·思君

红树娇姝似故人，蒙蒙微雨湿寒云，一番回首一销魂。

休望雁时还望雁，不思君了又思君。落花和泪打榴裙。

---

[1] 南朝宋开国皇帝刘裕，善战，定乱世复疆域。

浣溪沙·春愁

寥落兴亡冷小山，风残草绿泪阑干，想伊翠裙惹轻寒。

花雪残枝风淡淡，春愁满树雨斑斑。只惜无处可凭栏。

浣溪沙·荒陵

万里客愁啸远穹，暮鸦飞起忆昔宗，只消哑哑两三声。

莽莽浪潮天地外，沉沉暝色乱山中。荒陵高树起秋风。

浣溪沙·归程

城上斜阳碧树胧，鹃声无数万山红。有斜阳处有情种。

痛饮风雷闻大道，偶登云雾瞰苍生。嗷嗷哀雁是归程。

浣溪沙·回首

秋水横飞溅血刀，啸天独倚冷霜矛。王旗变幻太徒劳。

最是不堪回首处，泪红千尺雨潇潇。故园老树又萧骚。

浣溪沙·红尘

雁叫苍暝猛雨昏，飞行万里望乾坤，兴亡滚滚暮云深。

浪子不休挽逝水，狂徒坦荡逆红尘。不知人世有浮沉。

浣溪沙·故事

乱世硝烟泪纵横，军阀混战雁门东。成王败寇一场空。

绝代江山人闭嘴，连年血雨鬼吹灯①。请蒙双眼望苍穹。

浣溪沙·冷雨

只见飞鸿不见僧，荒藤裂壁暮浮笼。吴哥寺下雨蒙蒙。

孤鸟千山云水里，窄船幽梦雨声中。死生有限路无穷。

---

① "绝代"一句，指国民党于大陆时，阻言路，暗杀异己。

点绛唇 · 最苦

夜半悲风，掀狂劈裂关河路。江头欲渡，奔啸鱼龙怒。

月黑狼嗥，嗥断寒飕阻。萧秋树，无声最苦，夜夜无人诉！

点绛唇 · 凉风

雁绕荒山，军声草木苍蛟抖。急云欲搂，还哭还奔走。

残星依旧，嫌弃人间丑。未略否？英雄回首，忽见凉风骤。

点绛唇 · 往事

往事模糊，秋鸿摇荡忽惊顾。乱山凄楚，商略红霖暮。

百转千回，浑忘来时路。无归处，萧飕如诉，欲语还吞吐。

卜算子·月夜空悲也门浪客

身世酒杯中，一夜头如雪。掩泪独听红海怨，滔滔无人见。

醉醒夜三更，雁乱秋飕烈。如此狐鸣如此月，江山应有血！

卜算子·晚

梦里转途迷，不识关山道。凉夜马蹄踏陷春，君为谁倾倒？

犹未生别离，忘了吾年少。不恨潇湘乱雨迟，只恨春将老。

卜算子·夜泊秦淮

秋住苦情心，枕上幽凉到。旧恨前欢随远棹，春水不知道。

墙角杏一枝，难避思多少？舸绿灯红乱雨吹，一夜愁打稿。

卜算子·相见

草草离人语，泪堕絮浇骤。化了浮萍也是愁，风雨催奔走。

上楼更下楼，回首西风冷。万里关河梦上君，相见唯珍重。

丑奴儿·豫让桥

醉中慷慨悲歌吼，桥已成骸，士已成埃，一派酸风掀浪来。

桥头豫让①今安在！吞炭漆材，怒刺王怀，不二心人何处埋？

---

① 战国刺客，为刺杀赵襄子吞炭漆身，于赤桥上刺杀失败自杀，此桥改名曰豫让桥。

丑奴儿·孤枫

秋风到处摧萧飒，曳也摧杀，离也萧哗，如此生涯未有涯。

丹枫到底难言语，守口生涯，空对狼牙，听遍孤人横冷笳。

丑奴儿·荒巅

荒巅飞鸟无穷去，上也愁呵，下也愁呵，只我人间一啸歌。

残红只管西流远，夕也成河，泪也成河，人少夕阳多更多。

丑奴儿·单鞋

十八滩急摧客泪，谁醉一宵？谁醒一宵？杂蒲满船风雨萧。

西风卷地吹往逝，试问青鞋，谁更寂寥，踏过苍霜第几桥？

丑奴儿·客身

雨烛瘦尽霜窗冷，浑对斑驳，萧瑟哭窠，飞尽栖乌夜又遮。

出门醉忘身为客，大雨滂沱，怅惘如何，空响啼鹃不认得。

丑奴儿·昨夜

传言偏爱结局满，唯我独知，君与离时，隔夜苍葭冷雾湿。

灯逐盏灭熄星火，昔日心痴，昨夜花枝，尽付人传人唱诗。

丑奴儿·断肠

西风雁叫离人远，汝问愁郎：岁必悲凉，少必懵愚爱必伤？

萧瑟聒蛩深恨叫，风雨新凉，莫惹秋娘，山满花枝多断肠。

丑奴儿·骇浪

悲鸿叫断三更月，万事凋零，幽恨零星，乱雨凄蜇各自鸣。

英雄多少今安在？霖暴飕惊，骇浪无情，继续伤悲继续行！

丑奴儿·风月

长车碾碎关山月，筘裂漆天，一片愁绝，天地莽苍风月闲。

骚伏风月不归我，我在荒巅，俯仰人间，醉笑天下几完缺？

丑奴儿·山海

紫骝夜踏清玦碎，匹马空还，愁在阑珊，横断千山与万山。

浪间客子无消息，行忘君难，坐忘君难，剩有渔竿夜夜寒。

丑奴儿·何济

待卿沉睡萧飕起，泪里幽情，不愿卿听，风里
残红苦待卿。

狂歌乱舞终何济，长短残更，愁醒飘零，梦死
醉生不暂停。

丑奴儿·飘零

天涯梦醒翠烛暗，一夜飘零，一夜思卿，恨飘
零处苦忆卿。

来生还恋天涯去，万里天青，万里飘零，穷尽
感卿去飘零。

丑奴儿·非

当年曾笑牵牛苦，灯焰萧吹，吹尽芳菲，今夜
牵牛应笑谁?

千船银月欢狂醉，无醉无归，归忘途回，流潦
十年恨尽非。

丑奴儿·梦

恍惚往事如一梦，密帐银盅，哭断歌声，对镜醒来不认侬。

梦中不放君归去，银烛昏胧，泪点千红，梦未梦成又晓钟。

丑奴儿·夜梦

水晶帘下银潢卷，夜梦迢迢，拘检终逃，梦里纵情到谢桥。

匆匆又是独归去，梦醒深宵，淡酒无聊，檐底霖铃夜雨潇。

菩萨蛮·苍愁

黄昏望断嘹啼雁，关河行客还潦远。笑煞苦人间，昆仑无语巅。

烟云横四面，山裹嶙峋掩。深恐莽浑愁，漏逃向世间。

菩萨蛮·夜渡

激啸中流老涕冻，撼兵鼙鼓狂涛冷。烈炮卷西风，家残魂破声。

急滩雷雨猛，恶浪频惊梦。浪子唤孤鸿，野嚎幽恨生。

菩萨蛮·秋雨

月披何处一声笛，夜沉如水唤不起。浪子没消息，秋窗雨暗滴。

空残灯烬壁，无故重相忆。梦醒枕头湿，忆君君不知。

菩萨蛮·子夜

清愁万里如明月，欲行欲远摧成雪。客散煞歌终，仓皇回首中。

空街霜满地，飕乱惊鸦起。往事黯成空，泪垂子夜声。

菩萨蛮·思淑人

满塘荷绿春江瘦，风袭谁脸惊红骤？荷众漫喧哗，恨言谁不发？

乱池独寂静，梦断对谁醒？心事问谁知，雨深打夜湿。

菩萨蛮·烟渚

一弯月色关山陡，自知衾簟凄霜久。秋恨与深情，重叠到三更。

往事那堪忆，凝恨斜晖里。烟渚莫回头，回头无限愁。

菩萨蛮·夜雨

荒滩子夜西风乱，江湖谁道无拘管？啼笑也非鸥，漫身浑是愁！

愁来当痛饮，逆浪吼灯烬。夜雨最多情，随人处处行。

蛮萨蛮·重登临雨城小楼不见人

潇潇雨歇堆轻絮，青骢人去风吹起。风里乱成尘，湿云回首深。

楼空花醒寂，独倚思无语。雁陷雨纷纷，飞回不见人。

菩萨蛮·饮水

天罗地网铺不漏，吾愁汝怨逃路有？不语问苍天，山深啼杜鹃。

思娇与恨娇，此世无谁晓。饮水者独知，多情还是痴？

菩萨蛮·浪西楼一夜无眠

乌啼一夜荒衾冷，重帷深掩残更梦。月堕沧浪澜，此时心转寒。

爱娇与恨娇，问汝真知晓？烟雨满花枝，春来浑不知。

菩萨蛮·门前一片春水无语望而思故人

床头鹦鹉睡方醒，幽幽欲唤谁名姓？不必分明谈，涩言出转难。

病恹几许恨，醉也无人问。一片春水深，无憀独倚门。

菩萨蛮·吴山脚下高楼夜雨

横笛频起湿云恨，沧波冲澹吴山枕。窗外雨霏霏，雁归君不归。

昏烛摇唷命，残梦对谁醒？往事黯然空，高楼雁一声。

菩萨蛮·贪欢

秋波带恨眉山攒，斜托腮起梳妆懒。料峭雨阑珊，为谁醒倚阑？

梦中知浪客，萧飒帏惊破。一晌也贪欢，醒来不胜寒。

菩萨蛮·秋声

秋声飒飒掀愁起，绿肥红瘦深千许。孤枕莫频敧，芳心碾作泥。

乱蛩秋雨密，梦窃糟私语。老蛰荡悬离，萧杀幽恨滴。

菩萨蛮·幻影

凋秋破碎情萧瑟，惊惶谁汝疑谁我。怎复过今宵？归梦也迢迢。

江湖深坐起，幻影摇残壁。鹃血拼命啼，唤无回梦篱。

菩萨蛮·归梦

怒飔穿野关山黑，摧破芭蕉砸萧瑟。幽恨两模糊，壁残霜黯涂。

啸骢归梦苦，不识江南路。雨冷若为情，故语搅痴鹦。

菩萨蛮·芰荷

颇黎摇冷薄香窈，翠芰不语空秋晓。红袖为谁痴，一朝忽满池？

江湖听雨老，萧瑟秋风早。只恐君来迟，凋零君不知。

菩萨蛮·最初

江天寥落无穷路，潇湘乱浦忽今古。不若故人姝，暗香残瓣涂。

彷徨问泪鹉，梦忘江南路。百转几多途，青骢到最初？

菩萨蛮·冷月

采莲去尽楚天碧，洞庭极浦相思起。不晓是何年，翠湃梁雨烟。

再圆如冷雪，非复今宵月。啸阮空流芳，恨难闻我狂。

菩萨蛮·故山

水晶帘动流苏泻，姑苏西馆人非也。翠尾扫霖铃，回首故山青。

铁鞋云里喜，不踏长安地。奴烛望蹉跎，泪流谁更多。

菩萨蛮·离愁

苏堤铲尽廉纤雨，霜梨舞罢匆匆去。潭底恨飞残，悲鱼搅翠澜。

暗灯最凄苦，商略离愁哭。侬似雪裙花，东风吹不杀。

菩萨蛮·燕子

东风燕子今不见，吾徒一问频频说。昨昔共天涯，今时落谁家？

二娘娃岁半，忽又逢江畔。骤雨哗倾盆，爱恨不可闻。

菩萨蛮·春愁

为谁舞罢为谁泣，西窗银蜡无陈迹。随君一路苔，怜我是尘埃。

春光恐未已，匆入鹃声里。何处躲春愁，萧萧雨满楼。

菩萨蛮·姑苏怀古

何年高碧煌星坠，灵岩崛峭姑苏翠。雁荡莽江湖，浅醒可慰孤。

高悬独冷月，曾照多情孽。何处复笙歌？晚风吹败荷。

菩萨蛮·老树

浪涛声荡枯陵木，潇潇红雨浑尘土。故国与浮名，秋风起四更。

无端惹恨苦，最是江潭树。孤愤几曾平，潮沉潮又生。

菩萨蛮·春尽

咸阳野上秋萧瑟，废都老酒残阳破。歌舞最匆匆，梦醒摇烛红。

鹧鸪方欲动，春尽深霖冷。索性不还家，天涯满泪花。

菩萨蛮·夜半闻游侠当年往事

铁襜侠客天涯老，悲歌夜吼天狼捣。霜吹蛟尾矛，血溅霸龙刀。

冰河直踏裂，苍莽星尘远。长啸破风雷，湛卢潭底飞。

菩萨蛮·老将

银潢之下歌嘹亮，疾呼武士从天降。乘醉吼霜风，挑灯斩猛龙。

烛花残怒裂，风黑抚长剑。天望眼模糊，不敢忆寄奴。

菩萨蛮·不知

流星挥洒潇潇泻，苍茫堕地煌华灭。往事已依依，残月银甲凄。

忆伊西风里，独把吴钩倚。含泪梦中逢，不知是梦中。

菩萨蛮·不愿

狂歌剑舞劈霄断，梦里夜半啼痕满。昨日语星辰，今方晓苦深。

荒凉云雨路，梦里无寻处。不愿被君知，骗君梦里痴。

菩萨蛮·孤帆

孤帆寥落苍云里，春流不语逐何去？哀雁没青溟，曾何不愿醒？

水晶帘已下，红泪淋罗帕。啼遍雨阑干，鹧鸪无限山。

菩萨蛮·梦中

水晶帘里乌乌发，梦魂悄近深窗下。烛冷冰裙摇，薄肩睡雨潇。

葡萄凉蚁盏，惹梦暗香暖。只管与君逢，梦中便梦中。

菩萨蛮·春回

飞樱舞罢春潭底，愁鱼暗搅汹澜起。裙带摆轻风，樱桃带雨红。

潮来潮复去，来去无人语。燕子立秋千，不知人事迁。

菩萨蛮·烟雨

残云剩水风吹遍，玉箫低送声声怨。烟雨冷迷蒙，化为伊眼红。

不闻江左信，樱雨空流尽。几度消斜阳，树蝉身世凉。

菩萨蛮·匆匆

系留春住匆匆绿，恐春过尽无凭据。垂柳乱千丝，春愁难语词。

春江去滚滚，并带江南恨。狂舞狠消愁，终空燕子楼。

菩萨蛮·流光

青青草岂遮春去，当时谁道别离易？断柳莫摩挲，不堪挽韶华。

流光轻掷地，一抹荒烟起。醉里有啼鹃，昔时也少年？

菩萨蛮·未了

汹涛猛搅燃犀冷，疾回往事低旋涌。消逝尽轻轻，流年不暂停。

五更话未了，溢浦夜残晓。何处起离愁，西风吹汝眸。

菩萨蛮·梦终

斜阳如水苍凉里，枝头红罢伤成碧。燕子空小楼，重来无限愁。

梦中无检点，回望君千遍。千遍犹难终，梦终恐忘侬。

菩萨蛮·昏鸦

沧溟漠漠乌飞叫，人生暗向尘中老。莫教酒樽空，空时恨不穷。

昏鸦披落暮，终古占垂树。哑哑忆玄宗，只消三两声。

菩萨蛮·关山

孤鸿叫断关山月，风云开裂兴亡灭。夜半吼悲歌，不知悲为何。

残星摇破帱，鬼阵霜吹老。试看雁门东，腾蛇一场空。

清平乐 · 据

波声千荡，知故人无恙？总恐老来无据想，败壁四山流浪。

急澜不载人划，春江夜夜流花。深夜杜鹃无语，山青如发无涯。

清平乐 · 梦

风欺梦吼，寒怯苍云岫。秋雨白菊浑似旧，只是风前独久。

梦中一晌贪欢，梦醒子夜风残。残壁昏灯摇荡，雁声无限江山。

清平乐 · 前生

总感梦里，负汝还难齿。疑梦难分明若此，恐是前生往事。

高楼吼起西风，夜黑千尺江声。烛影唆龙蟒动，不胜多少愁红？

清平乐·故地

幽阶乱雨，不语人独立。春夏秋冬人往去，一片古塘自碧。

隔江人在雨声，秋愁满地寒蛩。孤客重思往事，夕阳多少屋中？

清平乐·无眠

聒蛩欲诉，疏雨不知苦。去者纵啼留不住，夜梦竟还无主。

矶头千古浪腥，风欺心更分明。笑我无眠一夜，乱蛩枉自悲鸣。

清平乐·溯峥嵘岁月

狂歌谁应？铁马嘶独醒。野鬼滩冲战骨冷，莫问浮名国命。

空城血雨腥风，三声萧瑟四声。断雁西风嘹叫，行人不要重听。

清平乐·抒怀

横鞭北去，满眼兴亡事。韩魏燕秦浊浪里，阵阵悲风吼起。

铁马碾破黄沙，高悬冷月胡笳。浪惯哀鸿忘恨？声声啼住天涯。

清平乐·黄昏

争看又少，都向尘中老。乱世浮萍残晚照，片片凄离草草。

红颜雨打成尘，能消几个黄昏？万古兴亡旧恨，乱鸦血锁千门。

清平乐·休问

忆忆忆忆，滚滚红尘里。凄碧残荷看草草，青廊离鸿逐去。

故国莽雨如烟，江潭多少华年。休问前朝杜宇，进血不信苍天。

清平乐·滴雨

残宵败壁，独望苍茫里。檐瓦倾霖浇打洗，问谁痴情似你。

风黑卷地秋声，芭蕉抖落一生。滴破二三更罢，滴到四五残更。

清平乐·潇雨

哀赋费纸，忘却销魂事。哭笑无端波千尺，顿问今生何世?

只惧泪打啼鹃，断红流去人间。潇雨重添绿酒，又见醉里红颜。

清平乐·千程

生来倔强，江海独流浪。泪满流花万千丈，东水无休莽莽。

飘絮吹去蒙蒙，东风去路千程。鸳鸯满湖是酒，不够醉倒东风。

清平乐·待干

待干碧袖，难觅青梅嗅。杀尽鹧鸪折尽柳，断送一生唯有。

江南离草愁长，天涯云雨荒凉。问旅唯闻前路，白云无数苍苍。

清平乐·芳菲

流华明灭，听堕衡阳雁。红泫啼鹃帘钩血，夜夜高楼残月。

微雨才破轻蕾，红盈转眼凋垂。不教西风得志，宁早谢了芳菲。

清平乐·浪旅

残花逐雨，飞上裙腰绿。萧索冰弦琵琶曲，幽幽唤谁归去？

今日海角天涯，昨夜湿尽繁花。折取一枝红杏，不知插向谁家？

清平乐·生别离

廉纤雨湿，打作燕支泪。枝上青青犹未褪，莺燕不知人醉。

今夕雨脚如麻，明朝又隔天涯。烟雨蒙蒙入梦，而今无处摩挲。

清平乐·离别

一襟幽恨，从此无人问。裙上榴花知甚去，空把落红流尽。

雁啼雨过空山，云低江阔风残。一片模糊往事，对莺只好偷瞒。

诉衷情·狂潮

千帆直下苍黄道，滚滚莽波涛。青旗魏古吹去，赤壁犹骚摇。

哀雁小，烈风高，吼狂潮。澜沧不老，往恨滔滔，世事徒劳。

忆秦娥·碣石怀古

沧澜扫，浪摧孤雁浮云小。浮云小，秋声铜雀，暗飞金镳。

天若有情天亦老，茫茫沧海一声笑。一声笑，呦呦鸣鹿，啼破霜晓。

忆秦娥·子夜寂寥望沧浪

惊飕起，破窗纸湿翻蝠雨。翻蝠雨，留他听泣，送他独噎。

冷霜来去难眠矣，裂矶撩起夜澜酗。夜澜酗，狂澜堆雪，为苍生起。

西江月·江南

好个飘零人物，西风啸马狂徒。骤然冷眼望空山，往恨前欢无处。

乱雨隔江人在，晚风菰叶摇无。纵到江南赶上春，也不必留它住。

浪淘沙·登黄鹤楼

乱雨打人踌，独上层楼，声声萧瑟苦无头。楼上少年听不惯，不忍飕飕。

昨共雨声游，再上层楼，有斜阳处有春愁。千尺寂寥依旧是，绿怨红愁。

浪淘沙·未了

老雁去凄惶，莫下潇湘，荒流横莽水云凉。秋雨不知鸳鸯改，时打红梁。

乱叶扫秋廊，往事沧桑，樱桃乱曳暗芭张。绿怨红愁都未了，隔住高墙。

鹧鸪天·酒栈

四壁深山往恨围，无穷无尽雁哀飞。倾泼暴雨凋萧下，翻捣狂澜恶滚摧。

人空醉，泪还垂，梦中依旧掩重帷。来时梦醒红尘栈，不见人归见雁归。

鹧鸪天·梦空

苍莽梦空醒倚阑，恨凝碧袖泪曾干。夜花未减红颜变，狸帽茸摇轻雨寒。

人还妒，还摧残，笙歌未了隔关山。他生恨未结苦果，世世重经忍不堪。

鹧鸪天·醉

往事模糊黑夜漆，银灯乱簇恨淋漓。吧台高脚深情漩，暗壁短裳醉脸低。

鸡尾沥，绿醅提，酷柠狂酗冷槟啤。泼浇不醉不归去，醉里横行归路迷。

踏莎行·独住空山

一夜共听，舸雨夜暗，霜晨梦醒惊啼唤。楚烟天阔咽吞声，西沉残暮隔江晚。

归去空山，一帘打乱，为君听尽秋淅漫。一江东水几多愁，相思吹皱谁人管？

踏莎行·夜听琵琶杂江声

鹋碧惊笼，泪红雨洒，声声迸碎鸳鸯瓦。鹃血凝袖见知音，琵琶未听淋罗帕。

雨洒江天，雁嘹卵塔，英豪叫尽江流下。江山磨灭恨堪消，残唐西楚悲歌哑。

踏莎行·秋雨

独上西楼，凄凉梦底，碧高秋晓榴裙起。腰肢百辗吴刀裁，怎剪离恨万千缕。

留瑟欲弹，留唇欲语，留谁不住终须去。千山归去雨中青，为君听尽萧杀雨。

蝶恋花·旧路

杜宇空啼肠断处，梦里乱山，不辨关河路。能为离愁瘦几度？寒枝结冷新花骨。

秋雨急频枫血诉，掩泪独听，此恨应无数。百转千回君莫误，青骢只认来时路。

蝶恋花·回首

吼起西风澜啸怒，撩乱狂蹄，踏碎关河暮。举首苍天独不语，残阳只管西流黜。

最是不堪回首处，无数乱山，只有鹃声苦。恨煞石头城上月，浑苍白到无人路！

蝶恋花·山海

烈夜黑飕冷月捣，激乱横澜，天地独狂啸。梦醒天涯行客老，秋声痛泪翻波涛。

山里鹧鸪拼命叫，山是依旧，人是憔悴了。急雨西风摧恨到，明朝依旧何流潦？

蝶恋花·闲愁

一片悬刀横海口，古往今来，天地一搔首。满地闲愁无处走，狂风削碎人间寇。

急雨飕飚萧乱骤，我未弹成，又怕君弹奏。料我今宵无好梦，排澜夜吼关山冷。

蝶恋花·往事

骇浪舷惊狂溅醒，撩起悲风，夜半激流碰。浑望驰车不待客，乱螭残恨旋山耸。

铲地萧飕欺枕冷，下复登楼，楼上霜风泠。往事迢迢陡入梦，追思四壁暗掀涌。

蝶恋花·天涯

四壁漆山春梦远，犹有吞声，句句声凄咽。烂醉独来听瑟怨，孤衾泪雨幽帘掩。

旧恨那消新恨叠，莫问天涯，夜为谁残玦？醒后棠梨满苑雪，梦如水月撩明灭。

蝶恋花·夜雨

窗外野林听塞语，万点秋霖，漏断芭蕉绿。最是不堪回首处，春愁一片渐吹起。

一往情深深几许，醉里惜别，转眼天涯旅。浪客心浑缭乱浪，抱箜女打潇湘雨。

蝶恋花·碰杯

萧飒秋声惊乱帏，想想浮生，却道从无悔。举箸莫名忽怅惘，知非可饮拼一醉。

如此月痕如此泪，举首休言，一酹还一酹。君与碰杯心与碎，凄灯暗雨成滋味。

蝶恋花·思君

灯焰黑残鹊声早，总畏烛花，凋落君无晓。泪柳含烟遮远道，青青依旧为谁好？

残夜西风削古道，夜夜思君，如月清辉少。醉莫亲鸥鸥莫叫，无端似汝白头了。

蝶恋花·姑苏

醉里贪欢昏复晓，檐铁铮铮，碾破关山道。麋鹿醉归踏雨脚，姑苏台下兴亡扫。

陌上斜阳萧树照，雨打青梅，都向尘中老。数尽咸阳行客小，红泥千尺惹人恼。

蝶恋花·乍雨

猛霈浇头犹未已，百感淋漓，不把风尘洗。翻盆雨里春燕去，问春何在池空碧。

乱盏琉璃千樽绿，炫电银华，醉里闻闲语。春梦家山相忆忆，前情往恨江云起。

蝶恋花·不信

残夜萧飕声飒飒，夜夜汹涛，夜夜荒滩打。江头鹧鸪悲恨哑，落花如泪淋罗帕。

湿雨低回急燕下，垂柳何曾，系住无归驾？树若有情青若此，庾郎不信披霜发。

蝶恋花·千花

滚滚萧哗霹雳乍，江阔风摧，往恨劈头杀。昨夜天涯今湿瓦，东风燕子十年夏。

银烛雨昏残月挂，乱世浮尘，夜半钟声打。醉里千花折取下，幽幽不晓插谁发。

蝶恋花·洗愁

红粉镜中残黛绿，恨到无言，休笑春花里。为谁醉倒为谁起，啼鹃泪里棠梨雨。

不信江潭愁得洗，浣破金陵，虎掷龙争地。无限雁声莽荡去，青山如发无涯迹。

一剪梅·芭蕉

不忍芭蕉秋雨摇，早也潇潇，晚也潇潇。笑我枕欹寻烦恼，种却芭蕉，怨甚芭蕉。

秋入千山翠袖杳，醉又无聊，醒又无聊。往事隔江雨萧凋，爱也难浇，恨也难浇。

雨中花·故里

鸦睡废都死，黑滚残高紫。曾铮乱铁马，出秋泗。郊上血洒遍，张楚击黄钺，哭鬼皆惊此。荒草枯藤，老尽孤臣孽子。

问生平，风霜堪透纸。淋洒青衫湿。听夜雨，深千尺。王谢于何边？巷巷全相似。西风里，问址苍髭，挥手指，斜阳边是。

满江红·世恨

掠地疾飑，莽霄黑、长安霈洒。骇浪烈、列缺霹雳，天憎欲杀。乍恨淋漓吼夜破，雷霆劈裂铁骧驾。莽乾坤、无处葬我身，遭轻踏。

高窗外，秋萧瑟；狱牢壁，俗尘骂。想咸阳西畔，无边沧灞。废渡破船悲起雪，惊风荡蟒怒熛瓦。为荒唐、世骤荒唐泪，淋罗帕。

满江红·醉书

醉胆横秋，骑恶龙、撼残桦烛。淋漓打、狂雷劈裂，满江萧树。战骨冲潮杂悲恨，黑风炮焰穷残酷。想万千、白眼憎欲杀，休跋扈！

霆欲坠，贼心曝；雨欲破，缥飞弩。望煌宫血土，鬼神俱怒。曾起扶摇高碧廓，重来笑指嶙峋路。可奈何、君胆丧成灰，忍潸睹。

今何夕·姑苏怀古

怒涛溅溅激千尺，兴亡骤雷沉溺。犹望子胥，衣冠雪冷，驾骥汹波无际。西风短蜡，怕银蟾吞吐，忆中兴替。夜起哀鸿，姑苏叫断飞何去？

尽销铁戈断簇，翠萍龙不见，年代更易。醉何不醒，唯凄凉月，曾照馆娃宫里。灯红酒绿。君不见萧萧、悲歌吼起？重把瑶笛，欲吹吹不成曲。

水龙吟·春愁

三千年事无踪，寥寥孤雁江天起。潇潇吹遍，馆娃灯绿，了无陈迹。尚叫鸥讥，残云剩水，浣尽红泣。问湛卢锈否，柳垂万缕，堪剪断，春愁雨？

可有江潭客子，到如今，又横长笛。问君幸否，问天问地，沧波无语。春雨如烟，为谁又入，杜鹃声里。恨几番归罢，终究独自，匆匆归去。

水龙吟·春风

潇潇云雨荒凉，凭高不见天涯道。归来忆起，当时谁驻，看尽春老？为蔽春去，青青千里，长遍芳草。可春愁不去，被谁窥见，春波皱，啼鹃叫。

一抹荒烟雁杳，过铜驼，问君知道？空凝泪眼，斜阳身世，渐飞渐小。遣派春风，看君红泪，争知多少？问春风，几曾留君？空教柳绵飞潦。

贺新郎·别

谁复留君住？今何夕，天涯依旧，人间非故！怒阮非琴亦非瑟，狂泻嘈嘈泪簌。轻淋帕、悲咽声住。捣落滔滔骤老兔，照残关、狠夷成平土。弹到此，冲冠怒！

铁胄西风摧烈猝，弹雨砸，枯墙窜鼠，烬残败墅。残夜命摇如动物？冷浪急奔夜渡。问谁使、裂痍无数？如此狐鸣如此月，乱风云、堕地奔无处！君且去，休回顾！

贺新郎·琵琶

凤尾雷霆撼。是狂徒，银瓶乍破，惊嘈拨乱。可有人听萧瑟畔，听也可曾肠断？高蟒吼，飒茅飞砠。尽被野飕翻霖铲，剩冷弦、不解悲歌颤。谁夜半，正辗转！

举头无语凄凉散。独荒寒，狼嗥败壁，悴颜残幝。涕雪灞陵不复返，忍把琵琶砸烂。送烈雁，横冲堕泲。鸿掠泥潭无痕蘸，死可留痕迹君来揽！今昔恨，如何斩？

贺新郎·流民

天地何残缺！望荒城，炮雷轰遍，枪榴明灭。流窜惶民弹霖掠，忍向故国涕雪。听离恨、呜呜咽咽。狂弹突击惊夷野，痛铮车碾碎关山月！是潦子，空悲切！

漓血腥飕高旗猎，淌寒滩，难民百万，生竟何孽？我有沙场悲歌烈，难和繁华笙也！问谁把、荆榛劈裂？为控石油激恐怖，惯霸徒、作歹司空见！听翠鹈，迸泪血！

贺新郎·混战

星烨何年坠？莽乾坤，苦方铸就，忍摧痛毁？璧破渡亡南北裂，檐铁铮铮踏碎。皆沦覆，成王败匪。郊上军阀犹混战，被列强吞噬摇贼旆。泪何止，一江水！

乱旗历历堪追悔，到头来，残疆割据，捕逃魑魅。阎蒋冯陈皆磨灭，夜半荒城嗷鬼。更倾覆，烟飞狼狈。国难当头相鱼肉，问遭杀抗寇竟何辈？君莫语，浇头醉！

贺新郎·休忆

往事君须记。想残生、百年而已，何须知己？萧瑟野森寻往恨，最苦闲愁未抵。听悲咽、秋风如泣。啼血杜鹃随君去，剩枯藤商略寒凄沥。君不见，吼飕起！

孤鸿无意潇湘去，再休提、为君泪迸，与君幽语。绿愁红怨浑未了，只有霜封高壁。更切莫，青灯前忆。冷眼薄情不眷我，吼男儿要为苍生死！独酒醒，三更雨。

贺新郎·虚妄

回首乾坤莽。君知否，荒陵废殿，悲鸿乱荡。狂楚残秦掀激浪①，烈焰横击奔撞。终赢得，西风高唱。老雁惊秋休复叫，叫怒枫血洒郊原上。君莫道，皆虚妄。

萧萧易水吼悲壮②，掷雷锤③，残夜狐啸④，棘原黥挡⑤。猛舰烈骑浑皆枉，不见乌林枯蟒⑥。纵终灭，岂弃顽抗？倾覆猇亭高天意⑦？更雄霸崛龙从天降？望秋水，休徒怅。

---

① 项氏灭秦。
② 指荆轲事。
③ 指张良刺秦。
④ 指陈胜吴广起义之事。
⑤ 指黥布抗击项羽之事。
⑥ 指曹操赤壁之败。
⑦ 刘备猇亭大败不反省却说是天意。

贺新郎·秦淮江潭夜雨

徒瞪天惊裂。正清秋，江潭往事，摇枫落血。半世狂歌无知者，硬断盘空枉也。啸何以，荒波无厌？自古英雄摧萧瑟，况烛龙熄尽身销焰。堪更黑？终应变！

琉璃飞盏画船炫。忍孤听、狂霖千尺，尔曹不解！飒雨半襟弹不尽，凝袖是谁悲切？都未抵、沧澜磨灭。唯剩秦淮苍月照，曾抱琵商女多情泻。今剩几，孤臣孽？

贺新郎·离苦

万事浑堪诉！听摧杀，铲飕烈霖，英雄何处？故墓废都荒藤老，呜咽江潭吞吐。便种种，何堪草树？西楚残唐青廓望，恨咸阳檐铁迷归路。君莫顾，正沉暮。

曾经照过别离苦，是秦时，高悬夜月，几番忍睹。笑汝落花多如泪，罗帕萧淋无数。长门空有长门赋。马上铁琵今何复，更悲蹄曾踏西郊土？全磨灭，寒潮怒。

贺新郎·怀古

古灞秋风起。顾不及，枯蛟舞罢，仓皇堕地。萧瑟淋漓霆骤裂，扫荡腥飕血雨。孤鸿没，咸阳高壁。绿牙噙泪皆迸碎，怕能言鹉忆中兴替。谁只道，别时易？

满廊银烛驰风里。奸雄悸，惊狙帝驷[①]，韩刘弑弃[②]。雷掣后庭如阵马，檐铁更无陈迹。匆换尽，乌衣巷里。渭水无情莽荒去，剩长安遗老人前避。惧问演，馆娃戏。

摸鱼儿·感世

更堪听，江砸雷鼓，夜狸烈啸嗷哭。无情红雨淋罗帕，摆荡乱蚩凄诉。君何苦，君何补，狂飕削碎皆尘土！血泪挥簌！纵未彻悲歌，也堪回首，碧袖凝干处？

无情物，唱到英雄恨楚，泪迸笼中红鹉。枫腥

---

① 奸雄悸，惊狙帝驷：张良请大力士刺杀秦始皇。
② 韩刘弑弃：张良抛弃韩王投刘邦。

满地非乱屐，踏破山河沉陆。君何苦，君不见，黄獐渴饮成空怒！残唐西楚！曾阵裂铁檐，如何打下，吹去成苍古。

摸鱼儿·旧恨

破窗砸、雷霖乱骤，芭蕉瑟瑟摧抖。独醒苦恨芳菲歇，弹裂琵琶如旧。君知否，君归后，夜残血迸凝罗袖，打青衫透！曾惊鸿舞奏，而今徒剩，夜半悲风吼。

堪消受？珠泪弦拨如手，离愁多少能够？我弹未了怕君弹，萧索凉飕时候。君何有，地何厚，秋高月黑无从走！天涯摔首！披醉袒貂裘，忽惊夜昼，往恨难浇酒。

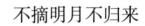

不摘明月不归来

无 寐

莫笑狂客今落魄，胡霜萧飒寒气多。
我与明月从天落，夜不能寐思故国。

秋 水

如水月下独彷徨，泪眼红颜不敢忘。
秋水盈盈若可越，见君我宁满头霜。

呼 月

烈士飞雷击不休，万里飘忽莽天游。
旧时明月羞白发，呼尔八遍涕泗流。

昔 钓

昔钓白龙渭水旁，十年流落在他乡。
左徒一啸投湘水，醉中不见满天霜。

下　弦

今夕蛱雪眠不眠，无人风里荡秋千。
谁剪惨白银钩月，勾谁忧伤摇下弦？

皎　皎

皎皎如恨君莫猜，高楼之上莫徘徊。
西凉猛士今安在，不摘明月不归来。

出　塞

一声长啸倚吴钩，多少西风吹客愁？
怒发如戟悲无语，夜半风霜照兜鍪。

暮　江

荒云滚滚飒无痕，千古渔歌浦暮深。
一片心随江际灭，日逐孤雁不逐人。

归 心

白猿摇荡飞如雪，骤腾捞起水中月。

凄凉霜魄大荒流，归心遥与月飞灭。

长 亭

雁去云飞青廓远，春江潮静起烟暝。

猿愁未断湿影里，万里残日对长亭。

西 江

悲滞残秋风雨茫，一江寒澹乱飞黄。

雁向秋水连天瘦，西江月随西江长。

重 陵

澹波远去平沙边，红泪洗浅寄秋涟。

忐忑重陵将暗会，山头鸣叶叫月闲。

龙 湾

泪里星河久动摇，思君不见忆阿娇。
龙湾八百四十洞，为我夜夜吹凉箫。

江 火

江火寒曳似流萤，遥灯深处聚散声。
两岸猿愁相对啸，万古兴亡一杯中。

雪 猴

捞月众猴已万古，无一看破雪飞梢。
老猴仰俯摇头笑，水里繁星怎不捞？

赤 壁

天澹水闲冻不飞，荒碑断戟砌寒霏。
猛放澄水出箫洞，洗尽赤壁万古灰。

李 陵 台

寒嶂冷剑荡霙斜，山海势倾赊月华。
裂鼓残旗天狼下，李陵台北摧飞沙。

白 发

砧杵中宵捣疆边，冰合莽水冻青天。
万帐灯火无眠夜，将军白发弄雪怜。

冷 花

寒碑不理泪敲打，飕飚冷雨冻冷花。
今夜乌啼几时起，难高心汹满天涯。

铜雀台怀古

管他奸贼乱世评，沧海一笑铜雀青。
英雄只为英雄事，草芥且管草芥名。

下　弦

万家砧杵夜无眠，苍鹰啼破莽霜天。
可怜一片关山月，误我生涯到下弦。

姑苏台揽古

霸业沉浮乱苍黄，千艘横系沦梦场。
幽发古榭因秋雨，笛冷夜穿姑苏墙。

出　塞

萧风吹遍朔霙寒，蹄铁铮铮出玉关。
万里烽摇照死志，无须鸿雁寄安还。

出　塞

折草秋风雁乱飞，铮铮乱雪竟谁归？
功名醉望烽火里，不见青山万里灰。

江　酒

歌罢万里秋外秋，解尽千年愁里愁。
行舟送尽昨日酒，难咽桂魄此夜愁。

星　河

碧燃寂寞侵星袍，浪打船声月如潮。
风里犹近山虎啸，欹枕漫看玉蟒高。

夏　吟

铁马苍嘶雨脚乱，纷砸龙蟒影凄残？
星铺萧瑟枝满地，然喜早夏第一蝉。

冷　炉

一帷风月古胡天，万里青枫落君前。
倦望碧燃失神色，旧梦飘摇冷炉间。

横　笛

水天一色霏吹柳，风月无边皓满楼。
醉醒无聊笛横起，不如此夜为谁愁。

幕　府

凋枫急夜幕府寒，砧杵万家捣梦阑。
风吹谁家旧事涌，雨夜萧萧瘦灯残。

长　安

长风万里卷肃杀，泪堕霜蟾照圆华。
旗荡天狼长安照，家藤狞碎老琵琶。

剪　刀

料峭春风做剪刀，残年风夜酿寒酒。
海角天涯两柄去，相逢却只为裁柳。

大　漠

一风一雁一银钩，一片关山一野飕。
一裂悬崖一阵吼，一人孤啸一荒秋。

灯　影

龙头呜咽幽恨长，九间何处不沧桑？
大梦浮沉唤不起，翻灯窥鼠躲凄惶。

咸阳行客

明月莫照深深处，俯仰不信秦朝真。
咸阳行客浑笑煞，不知万世自黄尘。

深　山

烛夜龙嘘风雨乱，无穷飞鸟过荒巅。
深山四壁浑愁裹，生恐漏逃向世间。

放　窗

山钟忽长又忽短，秋风吹簸月如海。
铁马叠嶂欲东去，狂澜万里放窗来。

西　风

听煞芭滴砸梦断，思君独上浪西楼。
西风可恨最多事，绿了芭蕉白了头。

秋　灯

檐底墨倾雨脚乱，昏灯残壁恼搔头。
笑秋声里读书客，还乞沧溟万古愁。

风　雨

怒潮叱起摧独醒，笑梦占凶更酿愁。
四壁无人灯吼灭，满山风雨入危楼。

雷 雨

暴霖冲撞惊龙喘，缭乱萧吹破壁忽。
楼外雨声浑是我，大苍宇宙本为吾。

禅 坐

秋风翻酽三更近，铁漏冷鸣暴沥侵。
寒上西楼风雨夜，冥冥独坐忘禅心。

星 洒

滚滚野滩黑只声，秋风独冷荡嶙峋。
夜残卷尽星如雨，此际冥冥偏忆君。

下江陵

燃犀长夜湿栖乱，起坐难平逆浪声。
满舸人哭秋啸里，暗逼红蜡不言中。

野　鼪

小楼酒醒月蒙蒙，残壁昏怀问死生。
野鼪不过关河障，不忍茅檐涕泪声。

思　君

败壁鼠窥昏炉乱，夜沉莽海溅薄襟。
残年无际回声荡，四面八方浑是君。

消　亡

江海漂泊君莫忆，萧条洗尽复言何。
逐君些我消亡去，剩与残魂哪半多？

滩　声

梦醒风烛残瘦尽，寒流呜咽古来时。
夜来滩转八千偈，奈可苦僧听不知。

不　问

开窗不问世间事，天地沧空听夜潮。
梦醒残灯横棋在，猛虎一声山月高。

海　枯

寒汐夜起洗荒誓，若语终离逢亦迟。
海枯石烂信存剩，使纵不识也尽知。

夜　雨

滩转迢迢陡入梦，月黑萧瑟乱波东。
江声夜雨听千尺，风吼檐烛空裂红。

长　啸

一舸清霜扑酒醒，海风吹雁乱啾啾。
孤喝狂醉江山乱，长啸一声天地秋。

梦　醒

鸡嚎野店举头涔，霜天啼破世事沉。
梦醒不闻宛郎唤，落花愁雨深更深。

梦　魂

独剪寒烛疑甚影，窈星君在恨星多。
梦魂难载澜沧水，夜夜激流奔故国。

阻　潮

山海孤帆深入幂，滚灼红泪眼中烧。
逆澜不放客舟走，眼前汹涌不是潮。

急　雨

不见人还见雁还，满樽浊泪岂藏帆。
愿化秋风急卷雨，离愁万点过江寒。

潇 湘 雨

平林新月人归后，今夜洞庭白云西。
多情谁胜潇湘雨，向君轻笑背君啼。

长 夜

风吼野炉垂首咽，十年悬泪掠唇时。
忍瞒苦笑独寒夜，醉把深悲问白痴。

前 尘

照煞危楼月色寒，苦藤世世去纠缠。
前尘多少堪回首，何况今生已两难。

梦 中

我来焚我葬汝瞳，夜狂逆浪奔汹钟。
荒唐满纸空一笑，一觉醒来还梦中。

问

千尺风波江海恶，马嵬坡下未招魂。
一尘一劫两行泪，不问苍天只问君。

出　塞

苍凉残夜当城月，羌管一声愁裂天。
直见秋风突乱起，三十万甲尽无言。

出　塞

不知何处铁筇袭，肠断关河更莫疑。
塞雁长嘹飞不起，凄寒冷月满征衣。

出　塞

青史怎生愁满扉，两行银烛泪空垂。
一钩残月无穷雁，不待天明尽远飞。

空 山

空山倚遍悄无人，爱恨情仇不见痕。
八百楼台寒寂寂，湿云如梦雨如尘。

哭 蛰

上尽重楼更上楼，千愁万恨本无头。
寒蛰一夜哭不断，万树秋风各自愁。

空 墙

不见人归只见樽，秋风朔朔独出门。
无情吹落矶头月，照煞空墙醉酒人。

痴 心

倚杖听江醒复醉，我欲呼起大秋风。
狂聒夜雨无情踩，踏碎痴心是此声。

深 藏

月明如水满天霜，飞雁嗷嗷人断肠。
往事深藏莫再访，铁楼隔梦月隔窗。

枉 汝

砸椤夜雨欺残梦，哭笑无端又一年。
枉汝秋蝉聒乱尽，知吾一夜悯无眠？

空 房

西风寥落烂星残，败凳枯窗冷月寒。
如此凄凉曾未有，清霜四壁绕栏杆。

洞 庭 湖

洞庭浪涌梦吹残，雨脚银弦夜月弹。
忘尽心头无限恨，古来一啸对君山。

出　塞

关山蹄乱月如丸，飕卷黑匣血未干。
横澜尽是无情物，洗罢英雄洗海山。

出　塞

夜带横刀血未干，狂蹄战罢月光寒。
西风铁马忽吹动，烈火满胸撩不安。

烟　花

子夜秋飕独忍寒，一钩残月对君山。
烟花本是无情物，莫把箜篌倚夜寒。

出　塞

寥落关山残月寒，碰杯梦碎枉然酣。
残戈铁马浑如梦，踏破关河睡不安。

出 塞

腥雨残钩尽已空，铁蹄浩荡入关东。
残夕万里横秋逝，阵阵哀鸿赴此中。

乡 愁

古渡西风船满涌，打乱沧波更飕飕。
烈夜横潮掀鼙鼓，最难安置是乡愁。

狠 哭

枕伏辗转想今夕，满树寒蛩拼命啼。
料断狂生留不住，夜残秋雨狠哭凄。

难 眠

天涯挥断难重见，莫问浮名与浮生。
潇山秋雨撩残夜，聒耳枯荷一万声。

何 去

风欺客梦铲花残，子夜篷窗铜漏寒。
不晓浮生何处去，才听秋雨又闻蝉。

倾 樽

千阁倚遍冷云湿，万尺秋雨闲吟诗。
倾国不解倾樽恨，醉客无知醉眼痴。

独 来

残夜无声悬冷月，铁檐沉睡死如灰。
横鞭怒马沧澜破，独自狂来独自归。

前 朝

曾先天下后落败，禁书几度百家埋。
赢得万世关山帝，全仗愚民二字来。

出　塞

独上西楼夜骤高，独呼山海看长刀。
一身霜雪背明月，那是英雄寂寞袍。

春　恨

乱岫危楼打壁窗，霏霏雨雪一夜凉。
料得春恨留不住，忙趁青春要断肠。

雁　语

隐龙山前春潮急，隐龙山上无消息。
笑罢沉云顶上客，摇蒲雨荡雁相语。

乱　峰

浑沉夜色锁山头，猿啸不听亦自愁。
万指高插耸入墨，狂崖浪笑不低头。

冻 花

枯窗横阮泪交杂，夜雨急砸打败丫。
忍向西风独冷月？断墙冻满海棠花。

乍 寒

铲地萧飕欺客梦，冷阶一夜暗生苔。
乍寒莫把屏纱掩，也许潇湘有雁来。

夜 半

清箔吹裂满天霜，长短钟滩冷月苍。
夜半披衣惊坐起，嗷嗷飞雁断人肠。

深 山

翻墨云摧雨莽苍，萧飕铲地叶凋狂。
深山乱起伸头看，看我井底称霸王。

行　路

满窗雨砸谁与听，山高林黑渐看清。
满腔孤愤冲天志，不向乌合去处行。

伊　人

飒飒秋霓打冷葭，醉浑忘我在天涯。
忽想伊人裙满雪，缘如水月梦非花。

烛　龙

秋风掠尽百草黄，北荒独啸夜有霜。
烛龙鼻息藏不住，被甚闲人论短长。

浮　生

冰河之上纵翩驰，闲倚山云吟恨诗。
浮梦浑如冰底水，狂波暗涌无人知。

过　峡

滚滚黑云缭乱湃，险崖狠起夜深埋。

恶狼蠢动狰狞望，汹恨猛艘破地来。

急　江

惊霄激浪捣狼牙，轰震雷霆摔铁琶。

江脚惶惶恐踏乱，排澜掀涌逼高崖。

夜　雨

枯树萧萧摇肃杀，弹箜霖脚乱如麻。

雷鼾雨呓聒争吵，摧打故乡带刺花。

雷　雨

黑滚吞天八面逼，关山瑟瑟抖胡旗。

倾盆雷雨横埋伏，冲宇残鸿突转移。

龙　醒

烈骑搬山掀莽洪，乱军哗撞荡秋声。
崛龙忽醒昆仑顶，一统嵩黄百万峰。

老　僧

菩提魔语总堪疑，问罢禅经万事迷。
天地横行独是我，一生不被老僧欺。

末　骨

老墙霈踏乱如麻，朵朵摧残朵朵杀。
一夜萧飕暴雨后，枯枝摇曳末骨花。

水　月

摇落江枫鬼烛幽，商声四壁酿清愁。
冷淋水月浑如梦，潭底幽情不上钩。

悲 吟

不辨狂霖与泪涔，潇潇夜雨正倾盆。
老蛰何苦通宵诉，秋风浑不解温存。

雪中行道

雪满江湖出九嶷，蛟龙啸宇莽苍齐。
天地洪荒浑一片，不行不晓有高低。

匆 匆

宫墙斑驳还依旧，落叶荒摇渭水流。
风扫繁华如阵马，匆匆偷换长安秋。

萧 凉

蹄裂寒冰暴雨滂，秋风扫荡满天霜。
知君檐铁淋铃冷，夜夜不忍爱萧凉。

寿春怀古

空忆江陵在寿春，雁归湘浦尽苍云。
废宫藤蔓浑裙色，湿雨青青向楚人。

冷　滩

鼙鼓风雷悲黯吼，声声吼哑笑无根。
他年残酹之中恨，今夜黄河以北人。

乐　游　原

唐车已朽更无痕，何况古原横驾人？
乐游原上频回首，不由惆怅望黄尘。

虎　口

万陵怒竖撼惊波。雷剑峭崖劈世浊。
绝壁倒插险欲坠，云端瘦舰虎牙脱。

偷 渡

黑崖熊望凶狰燦，毛竖萧萧烈飓摇。
恶浪掀狂相对吼，片帆偷渡夜悄悄。

万 里

断歌凄咽只吞声，愁听萧萧泪纵横。
红粉铁戈犹万里，一齐回首望霜风。

出 塞

醉酒归来笑复斟，关山铁马寄狂身。
再圆非复今宵月，重见还应此世人？

浮 世

何处君来何处停，江天飞鸟去冥冥。
梦中梦世梦无醒，摇曳乾坤水上萍。

萧 瑟

破宫枯树两三棵，萧瑟曾经狂舞歌。
成住坏空西风里，满池红泫吼枯荷。

残 阳

毗湿奴神今安在？破瓦荒台沉江潮。
廊里残阳忽幻灭，死生荒废太疲劳。

无 边

苍藤何处藏老鸦，云雨荒凉在天涯。
无边幻灭斜阳里，谁爱众生百亿沙？

空 听

苍生草盖无痕迹，帝室繁华爬满藤。
翠被红摆残血渍，空听雨打枯荷声。

无　常

神王死罢无喧哗，锁尽众生也在枷？
戮杀罪孽何沉重，终化无常摆曳花？

不　解

池水风回骤散萍，摇荷翻雨乱蜻蜓。
蜻蜓逐去斑斑雨，不解荷心万点声。

出　塞

雷鼓激昂山似戟，铁戈埋没月如钩。
威权无败义无用，自古如何轻将侯？

旧　情

夜来独上冷滩荒，夜浪江头夜莽苍。
砧杵乱砸如水月，哀鸿啼破满天霜。

青山撞入怀

裙 上

裙上花经年，东风吹不见。
佳期不可再，潇潇雨如烟。

风 霜

相知不相见，相见不相识。
相识不相爱，相爱不相知。

开 窗

微寒耸百岫，终夜独徘徊。
久未开窗望，青山撞入怀。

红 豆

碧海月无眠，红豆一年年。
半张模样旧，一帘风月闲。

俯　仰

人猿昨对啸，秦时老月残。
恐龙闹青海，喜马拉雅山。

小　楼

空墙人不返，依旧见孤鸿。
轻寒春雨黯，小楼空更空。

废　宫

风霜老壁吹，寂寞无人归。
废宫摇草燕，不要向浅飞。

微　雨

此恨何曾洗，挽上杨柳溪。
红妆湿微雨，见了不归去。

秋 水

有尽是流年，无尽是恨泪。
予我湛卢剑，斩不断秋水。

潇 潇

昔不解芳菲，今独江潭悔。
只恐潇潇雨，尽是相思泪。

春 雨

帘里昏烛冷，帘外雨廉纤。
这般愁模样，怕教啼鹃见。

恨 谁

微雨破轻蕾，凄凄染芳菲。
红颜何嘴硬，莫问心恨谁。

天地皆浮命

望　天

野泊幽筱荡，云色渡江横。
落木起惊蟒，枕山浑乱蛋。
斜阳如逝水，渔火摇浮生。
仰首望天上，笑吾面壁僧。

入　峡

水波冲澹茫，暝色迥苍黄。
风啸白潮起，山鼾雷鼓狂。
高崖逐怒浪，乱雁破残阳。
猿恨应无数，逼船浪客凉。

深　山

山底古龙醒，黑篁残夜幽。
高轩深雨啸，沉暮乱鸿秋。
蒸雾渡焦野，苍峡出莽流。
起嫌天地矮，欠伸不自由。

登　岳

俯仰苍间莽，风吟且静听。
险崖烧残暮，乱岫劈忽明。
云起洪荒黑，雨吞天地青。
带刀上泰顶，登过感难平。

秋　涨

雨脚吹笙涌，风摇转野芜。
乱篁草露滴，秋涨满庭独。
夜梦鸣雷撼，玄龙杂雨足。
乱蝉如乱世，高处有狂徒。

猛　雨

落日秋山外，马前听雨潇。
阴雷轰浪溁，猛雨倾盆浇。
古败今重蹈，山崩海动摇。
残星狂雨乱，云淡关山高。

荒　台

荒台仰首望，兴霸暗中浮。

三楚夜惊破，九嶷蛟险出。

冥冥接碧廓，滚滚渡黑猪。

拔刀天上蟒，还恐未降伏。

草堂揽古

沧海孤鸿去，我今揽大荒。

老醪沉恨泪，古道吼风霜。

天地皆浮命，秋风空草堂①。

枯灯燃瘦骨，曾照世沧桑。

---

① 草堂：杜甫草堂。

夜　行

鸿雁去青冥，悲啼何处声？

前朝云构起，故国雨纵横。

边陕忽商火，高陵换秦星。

我来人已去，独自为谁醒？

楚　水

不忍听亡言，古来沧浪前。

七流梦冒①泪，一问左徒②天。

风急流沙逝，江深岁月鞭。

萧萧幡百曳，淡入楚江烟。

---

　　① 梦冒勃苏，即申包胥，楚国大夫。吴国攻楚后，申包
胥到秦国城墙下哭了七天七夜请来救兵。
　　② 屈原，任楚国左徒之职务，著有《天问》。

杂 诗

于今我见汝，为谁赋离骚？
枯树浪淘起，故宫雨打摇。
酒徒①何落魄，齐楚终瑟萧。
寂寞身后事，不于铜雀高。

逝 水

英雄②投湘水，猛浪骇沉浮。
雁叫兴亡断，风吹悲义疏。
流年知恨否？逝水如斯夫。
白发终何用，楚今无孽孤。

---

① 郦食其，自称高阳酒徒，有大略，被刘邦礼遇，早期为刘邦建不世之功。
② 指屈原。

烟　水

孤雁知人事，凄凄过楚天。

冷云烟水里，身世雨灯前。

万里秋山远，十年逝水迁。

蒙蒙雨势起，小舸浮沉间。

民国乱世流民谱

萧萧

瘦马频回首，萧萧故国秋。

腥飕荡荒垒，衢血混激流。

野火绝无死，苍生应不休。

横刀问莽碧，昨骨今成丘。

猛雨

黑塞不曾过，青枫打恶波。

当时君尚在，曾问月如何。

猛雨闲愁搅，萧飕离恨泼。

招魂招不得，岁月又蹉跎。

天涯

天涯君莫问，非命与鸿毛。

秋风布褐短，熊焰荒垧①烧。

苦痛焉能避，死生不可逃。

今纵天作歹，猖亦必相挠。

---

① 荒田。

死生

冷霜回首低，流鬼吞声啼。
蝼民溺潮窜，狼兵扫炮欺。
生无存鱼雁，死不比尘泥。
曾恨嗷嗷叫，生离终死离。

不平

匣中亦不平，冷剑怒飞铮。
往事空高壁，秋风满禁城。
霸徒卷炮焰，举世荡萧声。
老月独随尔，奔波第几程？

尘起

尘起金煌璧，匆匆碎血泥。
秋风削塞北，烈火洗关西。
白骨逐涛没，霜头对路啼。
奈何天地莽，无处泪堪滴。

惊涛

惊涛劈桦烛，战火骤雷驰。
咳噎吞横泪，汹嗷灭死尸。
呜呼夜万哭，冻死骨残蚀。
黄日纵如此，苍生心自知。

乱火

焚殿天明彻，飞霖洒焰匆。
洪荒何自起，江水岂存终？
苍鼠窜荒瓦，萧飕打故宫。
灵均天问罢，恨泪去泓泓。

东流

雄阵飞天险，万师几剩存？
战壕埋死骨，郊野招亡魂。
尽付东流水，相残南渡人。
太平轮上死，轮下恨何深！

秋风

往事空燕赵，秋风又上京。
金戈无骨白，粉黛徒苔青。
窄浦风吹旆，破船客避兵。
狂霖冲血洗，萧瑟响枯萍。

行客

行客皆流潦，举头星纵横。
荒滩漂死满，摇黍弃尸重。
浩荡洪流势，莽苍楚汉声。
千秋存恨泪，迸洒夜淋中。

浪沙混作大潮流

秋　笛

秋笛吹断月风清，万里关山玉蟒星。
秦王①鞭惊鹤唳，魏王②丧地恨旃兴。
好战必亡千古史，居功总失半生名。
月吐长河苍入梦，银湾③醉落逝狂霙④。

夜　舟

幽峡武气走萧秋，白蟒⑤奔腾突锁喉。
龟山飞峙风云手，浪沙混作大潮流。
宇天杯里星谁饮，依稀梦外浦怎秋？
啸猿飞荡峡岭里，试偷银钥到牵牛。

---

① 苻坚。
② 魏罃。
③ 银河。
④ 雪。
⑤ 比喻白花花的江水。

乌 江 秋

倾泻雨盆山海荡，枯枫残焰乱秋凋。
翻礁飒叶滩声转，回首青龙影动摇。
鳞甲旗云昏日月，苍藤雷雨走螭蛟。
黑压浮火雷霆覆，暗跳荒碑骤沥敲。

浪 流

渔灯残碎涵秋水，野火空城乱浪流。
战骨寒潮冲尽恨，枯荷夜雨滴成秋。
幽发秦苑塘竹苑，月吐汉陵野雁悠。
万里长吹萧夜雨，千艘曾系无常流。

孤 山

一拳打碎乱星开，天地年年待我来。
虎啸残风山璧起，鸡啼一梦九间白。
冷山万里回声荡，古野孤骧邀月徘。
徒踏腾蛇桠月乱，高悬笑那糊涂才。

杖听雷雨

蟒蛟百万嚎奔撞，惊溅煌涛乱烈帆。
炼破砸石狂雨泻，雁啼搅梦暗飔顽。
黑猪夜渡残轮堕，星汉山摇猛雾鼾。
北风江上独一客，杖听雷雨过江关。

飔梦

棘丛暗挑青灰月，窟冷秋狐啜叶悲。
摇薇恓哭微绿荡，野湟独语漫白微。
秦蛟吞吐枯竹死，雪驷披霜飔梦飞。
明夜孤骧思忆处，犹隔千里万山巍。

赤壁

莽莽黑烟沉秋水，摇船逆浪老鸿飞。
冷狼牙月忧不坠，魏古青旗风曾吹。
浑闲多斩凄凉事，老去怕追落叶堆。
一场大梦一场火，万里火焰万里灰。

萧 秋

炼石惊恨梦砸破，萧雨长吹古渡幽。

掀浪腾黄摧古璧，乱帆阵马飒洪秋。

高巍鼎举抵狂妄，冰枕愿荒怎罢休？

青史不敌一酹酒，功名自古尽荒丘。

怀 古

车驾古原怅复狂，狂来复恨复彷徨。

英雄①何故空执戟，竖子无端成霸王②。

岂可妇仁鸿宴效，怎无天日未央戕？

若非愚子徒痴将，天下三分尚惨亡？

---

① 韩信曾为项羽帐下执戟郎。蒯通曾劝韩信与刘项三分
天下，韩信不听，最终被吕后害死于未央宫。

② 项羽在鸿门宴放走刘邦。

怀 古

山上暮钟荡莽苍，夕阳无数落咸阳。

一生一夜为秦帝^①，七进七出是霸王。

死去史书竟多谬，生来离距已何茫。

大风歌罢笑刘尔，死后被谁校短长?

怀 古

沉蟒吞声窟底醒，夜来无处可徘徊。

英雄^②求死别无选，禽兽^③欲活苦惧猜。

是鬼是人是怪邪，且悲且怒且狂哉!

一入阿房开欲朵，豪杰多少不归来。

---

① 秦三世子婴，胡亥死后初称帝，后改称王，在位四十
六天。

② 韩信被杀。

③ 萧何自污，得以保全。

寂 寞

铲来客梦卷西风，潦醉老僧误夜钟。

夜雨萧吹惊醒梦，怒狂辗转黯沉空。

万山残阙斜阳里，千古英雄草莽中。

试问芒鞋何寂寞？十年风雨十年灯。

踏 遍

踏遍江湖寂寞身，纵狂欢笑亦无魂。

残烛青史两行恨，夜雨江声千尺深。

昨与幽人醉酒地，今听笛管满霜坤。

而今终到枫红处，曾以山前是两人。

夜 行

零星幽恨绕关山，袖挽银河洗铁鞍。

夜坐听风悟月老，横行踏雨想天残。

惊惶碎梦才八九，醉笑堪言直二三。

欲灭人间不死焰，天涯且起恶狂澜。

新　月

栖乌乍起惊帘玮，明月凄绝堕破扉。

苦水覆横淌过泪，痴心燃尽碾成灰。

冷鹃万血啼无尽，春梦一场唤不回。

新月山头浑似汝，颦眉攒眉又凝眉。

问霸权沐猴者

烈雷万里撼油田，强霸敢当天下先。

惊涌汹波摧枕上，忍撩怒火逼刀前。

沐猴竖子[①]峨冠耸，假虎时贼嗷鬼言。

胸头五岳堪平地？狂飓削来也等闲。

---

① 指西方霸权主义势力。

横 刀

头颅抛尽欲澜挽，莽莽九间已沧桑。
鬼门关下狂来死，豫让桥头慨且慷。
裂胆擂心对野史，横刀白眼向穹苍。
举国尽在秋声里，千古英雄泪满裳。

惆 怅

独驾铁蹄欲到边，胡笳吹裂霜残天。
千家青史几张纸，一世狂名多少年？
老去怕翻流水账，秋来惊识镜花颜。
对天莽莽何惆怅，狂啸一声岂空前？

流 年

狂弦砸乱夜独醒，凄瑟请君侧耳听。
万象重叠谁是我，百般滋味竟深冰。
从头今命转前世，到底浪欢非故情。
摘尽流年一痛饮，星辰满袖天边行。

怀　古

也似左徒天问终，江湖秋水雁无穷。

依稀柳曳楚吴色，浩荡江流魏晋声。

生欲横行如草莽，死犹歌舞笑英雄。

销沉万古向何处，铜雀秋风片瓦空。

隔　江

青廓孤鸿荡去茫，凋枫萧飒尽凄惶。

湿帆楚浦何寥落，云雨梦泽剩莽苍。

我记泪中非半世，客怀夜里隔三江。

悲歌未彻吼霜起，触手人间更冰凉。

烈　风

烈风骤起荡高荒，破宇炼石惊堕江。

雷雨一生终有尽，狂蛟百万恐无降。

灵均问罢天难对，魏武挥鞭海易桑。

流潦稀星吹不去，秋风夜夜打故乡。

空 庭

黑天寥落起残鸦，茅草翻飞雨脚麻。
满院不闻今改世，空庭还发旧时丫。
年逐逝水浑犹泪，马踏春泥半是花。
萧瑟森枝龙蟒摆，一时回首向天涯。

凉 殿

凉殿西头换桑田，归来老雁霖铃间。
有时七点八滴雨，到处百枝一片烟。
斜日荒凉春冉冉，汉陵寂寞草芊芊。
红尘千尺吹不去，何故总沾薄幸翩？

终 古

乱鸦终古荡黄昏，都是无边幻灭身。
萧霭莽天摧阵马，故宫满地起秋尘。
兴亡滚滚冲沧浪，爱恨匆匆深寂云。
谁使桑田浑变了，不教残暮向西沉？

望　远

芭蕉雨打潇潇下，猛搅客愁难夜眠。

楚浦高低空舰影，秦淮远近入终年。

无凭往恨涌林樾，不语昔侯寂水田。

七百长亭七百柳，几时青青到君边？

望　眼

孤雁无踪逐去波，高涯湿遍苦何多？

无穷望眼无穷恨，不止兴亡不止歌。

我笑青山难解脱，青山笑我易蹉跎。

鹧鸪总叫行不得，行不得时可奈何？

灞　陵

鲛绡织泪赠君存，笑指孤鸿流潦身。

乱世觉生劫里浅，灞陵哭柳雨中深。

醉醒天涯迷归路，汹滚江声招楚魂。

嘶马三更行不去，几番回首泪如尘。

蛟龙一夜得知己

复 上 楼

复上楼，满眼伤心碧。残壶酒，难浇恨，天涯去。复下楼，啼红雨。淋罗帕，流君去。流不到，君须记。贪醉死，不愿起。秋波凝，幽情许。秋灯冷，对无语。秋风里，离人去。风吹雨，草草语。

野林之西

野林之西，高树鸣兮。悲悬枯树，摇枝乱唧。

秋蝉如雨，嶙命堕泥。秋蝉如戏，鸣兮吾兮。

乱蛩不已，疏雨暗滴。梦堪如许，苦露凄迷。

野林之西，百辗千啼。啼之不见，乌飔寂寂。

萧林幽青

萧林幽青，忍忍难平。野黑独行，幽恨独醒。
野湟漫白，愁满秋苹。荒悬夜璧，如泪如冰。
萧林幽青，瑟瑟薄幸。野黑独行，传我无情。
湘怨悲清，掩泪来听。子夜子夜，何如不醒？
萧林幽青，袅袅秋汀。野黑独行，烂醉酩酊。
蔚芳欣欣，风曳白苹。我曾独上，来访青青。

何 夕

夜卷飕飗，鬼嗷郊北。今夕何夕，苦不堪醉。
今夕何夕，耿耿寤寐。今夕何夕，星野悲垂。
夜卷飕飗，霜重秋被。今夕何夕，忆起蛾眉。
今夕何夕，黍离秋獯。今夕何夕，败壁醉颓。
伊人幽恨，却道无悔。今夕何夕，不见君归？

远　笛

江亭过野风，酸飔射涩眸。草木凋九月，雁断水晶秋。残灯泄恨碎，满塘闲怅流。夜闻霏思曲，笛吹梦魂幽。我复因何走，我复为谁留？我亦无所有，我亦何所求？人尽满潭幽，梦里贪醉酒。梦魂吹不至，何人知我忧？

淡　木

茫霭天际起，澹波万里平。秋月淡水木，芦雁落霜汀。江渚草何青？多多如我情。如此易失去，不见流月影。两岸猿啼静，流年倾冰瓶。人间本幻影，浪子携风清。

边 城

深浅边城起，秋云万里平。凶兵秃寒甲，雪雁嘶回鞯。霜晨对空山，徒劳抚横琴。野飕吹云远，其上卷我心。荒山仍寂寞，栈客日日新。天下无知己，独倚最古荫。

怜 荷

凄荷摇薄香，摇曳愁波绿。枯荷犹垂泪，昨夜红颜洗。血凝血散①矣，翠被浮秋水。笑我怜枯荷，身亦秋江里。

使 君 知

春去冬将至，犹君鸿爪痕。怀里恐不紧，满袖冷空芬。荧惑终不转，星辰满泪痕。于我未失语，记我爱何深。

---

① 可指生死。

葡萄夜光杯

黑云摧月苍升岸，玉潺一片出关山。万里萧飒皱霜海，飙逐烈骓长剑澜。席挂山倾海动摇，残星万阵各寂寥。解带坠叶乱舞飞，壮鼓角下星河巍。风吹万事皆成空，捣来搅去又西风。秋掀巨浪吞冷魄，浴蟾泄水明珠落。狂嘘樽坠满美酒，冰佩沉浸杯底幽。一斟饮尽九间恨，千糟遍混满天愁。杜康万千犹可解，葡萄杯里夜光窈。浪淘烦愁淘不尽，恨入黄河从天泻。幽恨翻搅成滋味，举首天涯吼欲裂。风波愁乱玉珂淹，混搅狂涛看不见。骋龙驾月长风里，风云合裂星汉起。星焰煌炫夜浪挽，滔滔铁马兵车洗。又见鹅席高转拗，风雪万里天上来。但愿一醉七千年，美酒满世月满天。

不 世 歌

君不见夜撩寤寐忍不安，忍之不得拔刀狂；君不见铁马狂蹄铮陷阵，断古长啸突擒王。夜沉阴滚狂压喉，戛然猛胆裂疾飕！烈雨滂溯激浇愁，骤霹石破砸血酒。骇魑逃狈魈魅抖，削碎关山仰痛吼！扶摇直上铲雷霆，欲腾躁踊驾忍鲸。萧飓杀梢覆洪荒，不世狂徒恨满膛。枯树萧瑟摇凄唳，八壁鬼荡垂冰啼。野蟒鸣啸打地皮，猛獬过江忽猬疑。乱澜汹涛崩奔嵬，蛟皇熛怒堕掠雷。急蹄黑野全踏碎，震尔琥璧从天坠。请尔异响萧投地，看我怒横拔剑不平眉！我不拔刀三千年，潦涯霜雪摧我颜。拔刀即雪举世耻，绝崄怒斩苍龙死！断舌鼠，丧胆猬，身未死，心岂死？随我带刀关塞走，腕底乾坤死生守。破匣铿肝怒欲飞，摇地惊霄起杀贼。男儿忘身鬼门关，为众生死冷月残。东有霸权眦欲裂，擂心渴血恨洪泻。骷髅万里血掀涛，共恶蛟战阴风号。关山冷海魂夜渡，断脚幼老炮轰怒。百万家国夷黄土，百万里外吾狂顾！

君不见飞磺烈焰在霸徒，夜掩冤魂乱世哭；君不见铁雷弹雨摧败墅，裂痍无数摇动物。君且去，休回顾；吾且住，心如虎。一掷万金为宝刀，斩我不平还我豪！败枝残叶满地走，惊起夜半惊回头。雄师尽带黄金甲，铁马突啸来天涯。衔枚骤袭破敌邪，定睛喟叹秋风烈。堕木狂奏涌入梦，夜残有恨无谁省。不恨天地早如此，愤发高歌犹未迟。

秋　笛

芙蓉江上竹笛促，芦摇瑟瑟空无物。芦动暗疑采莲女，何起江波深何许？雨踏吹笙弹水月，吴山脚下乱明灭。如梦凄凄如霜雪，恍而辗转又不见。客家不闻秋浦曲，闻之肠断江波里。江波吹骤皱不起，扬子渡头声声泣。

夜　半　歌

吾曾骑蟒击雷霄，狂飙试手补天去。黑漠破裂筛漏雨，岂足浇我狂焰熄？怒拔龙潭三尺剑，挥潇震彻鬼郊黟。鬼母嗷嗷血淋漓，魑魅胆丧狼狈避。野林萧瑟关塞黑，狐呜飗捕破棘密。忘身杀来绝崖劈，鬼神四壁皆惊起！为笑孔丘学接舆，举头长啸凤凰曲。悲风对啸夜铜吼，带刀横行天地里。世人哗笑吾狂语，吾歌吾笑来如飐。轻尔玉珂斩龙子，一言不合弃如鄙。披头散发出门去，昆仑顶上无人语。俯指九间人如蚁，不见吾狂射天宇！深藏不住烛龙息，被甚闲人长短讯？庐陵尚且畏后生，竟比庐陵高何许？江湖秋水掠鸿泥，千山痛啸无痕迹。蛟龙一夜得知己，割尽鳞羽为君记！乱鸦惶逃天如漆，野林动荡惊战栗。君携芭蕉落荒去，君渴炽爱又深惧。留君不得君欲去，吾心空洞深无底。从此森湟萧怖地，夜夜黑郊吞声泣。

芙 蓉 曲

芳女涉水采秋蓉，新绿浓蛾皱蜩虫。香裙牵云摇雪起，石榴摆曳青廓举。芰荷吹倒高过头，泣露摇缀野飔飀。一日不见无欢语，三秋如暮深几许？斜摘团扇大如斗，堪载香裙薄肩愁？秋风高吼复低抚，幽涩吹惹相思苦。欲取龙刀剪秋水，秋水无尽如恨泪。秋娘菡萏秋眉老，炫如夏荷爱草草。韶女年少芳心空，双眼流落芙蓉红。几番离合心迟暮，情到深处人孤独。血凝血散残阳里，倾国倾爱无人记。秋藜伏涌秋声漫，夕晖如逝随人散。

鬼 龙 歌

古壁鬼龙惊剥起，湿梁摆尾夜飞去。顶月浪冲高宇破，滔滔沧澜狠掀宇。银蟾翻盆泻如水，夜璧落罢乱星滴。俯仰无物莫得意，乍雷猛堕深潭底。举头痛吼终何用？泥甲绳鳞难挪动。污泥窒喉眼暗黑，冰漆水冷冻僵劲。几欲腾挪深陷中，万复挣踔枉铁铮。骇天浮名昨在耳，金鳞煌甲尽葬空。铁链万石勒嵘崖，悲呻痛吟断续杀。夜深迸血脱铰链，黑风飘摇打血甲。欲腾冲踊遭踏跋，火色炼熠烧泪哗。高霄炸破爆飞瓦，猛炮烈弹疯如麻。乱枪扫射横茫需，血鳞飒雨嗷裂肺。莽莽惊波浑炼炉，惊避难躲逃狼狈。腥风激狂震骨碎，黑猪巨弩劈疾雷。满身疮痍血直流，腥血染红深潭水。漆灯秦王惊忽救，秦王跃上骑龙虬。潭底冷匣鬼眼赤，匣藏宝剑隔千秋。骑入渊底老鞘抽，风霜哑吼涂银锈。擦尽蚀锈何风流，狂如凶狃煌如昼。突破沼潭满腔拼，汹汹火蛟喷烁磷。秦王挥剑斩雨脚，扶摇直上欲飞

擒。飞擒顽霸在雷殷，铁鸣铜吼气森阴。列魔摧欺
曾何惨，噬血江渠夜鬼吟。醉喝乌云急倒行，镗镗
鞳鞳满青溟。苍龙呼啸骇涛撞，鼓鼙万尺滚难平。

　　霹雳咆哮百万兵，几人生入死凋零。鬼神天地
久低昂，烈士漆炬死不暝。劫灰飞尽又恶灾，血溅
满街黑牢牙。狰狞嘴脸不曾灭，尔许太平何时来？
泪里每弹鬼龙歌，恶浪狂澜抱满怀。虽不曾见黄河
水，澎湃汹流夜梦排。炮火践跋多少年，多少年竟
多少年？请汝巨龙擦亮眼，地老天荒擦亮眼。巨龙
身下吾生死，世世生生为龙子。从来不关尔愿否，
死生远永为龙子。

高天星月歌

　　凉蟾不语胡马嘶，月潮滔滔悲溅入。冷珠夺宇
疏星迸，泣露满天霜魄涂。匣冻夜光如冰琥，愁满
高霄银华铺。荒凉如水天上来，月光骑踏荡萩芦。
遥遥陵树西风起，前朝云构星残渡。壮鼓捶裂万星
巍，老璧落罢天如沐。星河滴恨洒如泪，如雨青铜
冷翠烛。我抛此世何狂哉，何时割裂始孤独？炼星
惊秋何煌煌，唯恐一堕难承负。漫天星辰皆沾湿，

恐不足痛竟相辜。败荷西风余香薄，翠被秋残终黄土。满塘繁星摇飘零，君莫误兮何其误。梦里汝来三千次，醒汝何处春已芜。春未芜兮吾竟老，吾未老哉春竟芜。忆回次次终何用，闲愁悲怨躲无路。洪荒无数尽石头，奈若何兮无今古。芰荷香灯曳愁雨，我听风萝女啼露。幽女半晌不抬头，红泪沾湿忽回顾。仰首高天星何许？流潦行子世何苦？何缘星似人拥挤，何故人如星远疏？鸟愿为云云愿鸟，鸟飞云去终何处？此心唯系已成空，名垂万古终何补？与汝远兮亦无语，云远天高程无数。汝须相记我在此，我亦知汝遥遥处。

狂　徒　歌

谁醒千斛浇万醑，狂飕削碎江湖水。苍龙突啸九万里，横驰摆尾大风吹。我笑秦皇为草芥，铁马铮铮踏成灰。我怜美帝四处摧，穷兵黩武空痛悔。世有狂徒饮风雷，掀起狂澜只竖眉。孔丘出口如悬河，万言不值一绿醅。

长 夜 歌

　　怒电如龙飒爽劈，直击萧索霸王旗。如麻雨脚狂砸激，翻雨鬼雄悲吼起。猛霈汹汹天上来，疾卷枯树如捣海。我惜长啸狂哭者，中宵无道使徘徊。八月秋风与天高，飕飕扫荡掀狂涛。昔我钓龙渭水上，怜龙似我放归潮。雷鼓犹轰冰河破，铁锤狂狙翻银车。芦苇高摇没官渡，博浪沙①上犹悲歌。黄金散尽终疏索，千秋志士岂多得？浊世肝胆向谁照，落魄江湖不苟活。江上萧辚多厉鬼，劈裂桦烛看恶狈。纵得长剑淬秋水，千尺终是英雄泪。枯树如潮起凶摇，黑林暗雨乱哗嚣。荆高②当年何寂寥，燕市而今无荒草。洞庭满湖酒中恨，可够浇醉信陵③坟？狱中太史今安在④，谁敢哭吊李将军⑤？十万铁甲披胡霜，宝刀残月共辉光。流星飒沓汗血马，换来死生尸骨凉。萧萧杀气凌九霄，单兵鏖战埋戈刀。河

---

　　① 张良千金请大力士于此以铁锤刺杀秦始皇，失败。
　　② 荆轲、高渐离，刺杀秦始皇的刺客。
　　③ 信陵君被君王猜忌，纵于酒色而亡。
　　④ 太史公司马迁因议李陵是否真投降匈奴而受刑入狱。
　　⑤ 李陵。

梁万里别知己①，至死不归倚血矛。李白死不为世累，半世飘零落秋水。而今清议世上绝，犹记叔夜②卧龙罪。长仰楚狂非俗流，狂歌草泽笑孔丘③。漆园傲吏宁拽尾④，山涛欲隐不自由⑤。万里浮云何萧萧，千尺尘土难脱逃。夜半悲风抚长剑，欲语还休恨天朝。

君不见昨狂子，带刀横行今安在？君不见孤世子，沧澜踏破独归来！君问人言何用处，杀伐欺害几曾无？君问正义终何补，自古成事权当路。君问狂徒为何物，天荒地老有谁睹？悲来乎！悲来乎！莫使龙骨惜迟暮。壮士何时抚头颅，壮士何时冲冠怒？西风又起幽燕地，长铗今世归来乎⑥？

---

① 苏武。
② 嵇康，得罪权贵，因谗言被杀。
③ 指楚狂人接舆。
④ 庄子拒绝为官。
⑤ 出仕多年的山涛想归隐但被阻拦。
⑥ 指英雄怀才不遇而心中不平。